KB074394

지금 이 순간 나는 행복한가?

지금 이 순간 나는 행복한가?

행복은 마음 그 너머에 있다

영선 지음

자유문고

시작하는 글

어느 날 백화점에서 필요한 물건을 사서 나오는 길이었습니다. 조금은 멀찍이서 엘리베이터를 기다리는데, 노년의 한 남성이 제게 엘리베이터가 내려오니 가까이 다가와서 기다리라는 손짓을 했습니다. 그렇게 엘리베이터를 함께 타고 나오면서 이런 이야기를 나누었습니다.

"요즘 하루 세 끼를 다 사 먹고 있습니다."
"혼자 사세요? 가족은요?"
"얼마 전에 집사람이 갑자기 죽었습니다."
"어머나!!"
"어릴 적에 가난했어요. 돈이 최고라고 생각했습니다. 그래서 돈만 보고 살아왔습니다. 돈이면 다 된다고 생각했습니다. 지금은 돈이 남부럽지 않게 있습니다. 그런데, 아무것도 할 수가 없습니다. ……"

머리가 하얀 이 노년의 남성은 말을 잇지 못했습니다. 평생의 동반자로 생사고락을 함께하며 의지했던 아내를 갑자기 떠나보

낸 충격으로 망연자실의 상태에서 돈도 명예(성공)도 아무 의미 없음에 절망하며 그렇게 떠나갔습니다. 삶의 끝에서 자신의 의지처인 아내의 죽음은, 그를 그렇게 천 길 낭떠러지로 몰고 가는 듯 보였습니다.

　사랑하는 사람에게서 받은 상처는, 사랑한 만큼 의지한 만큼 아픕니다. 그래서 자신의 의지처였던 아내의 갑작스런 죽음은 견딜 수 없는 고통이 됩니다. 그런데 자신의 의지처인 배우자뿐만 아니라 부모나 형제들과의 불화나 갈등으로 인한 상처 또한 평생 잊지 못하는 고통의 기억입니다. 그 무엇으로도 채울 수 없는 아픔입니다. 그래서 보는 것만으로도 고통스러운 관계, 피를 나눈 가족이면서도 남들보다 못한 관계로 살아가기도 합니다. 돈이 없어서, 몸이 아파서 고통스러운 게 아니라, 마음이 아파서 고통스럽습니다. 살아 있는 것이 고통스럽기만 합니다.

　사람들은 이렇듯 아파하면서도, 고통으로부터 벗어나기 위해서 '무엇을 해야 하는지?'에 대해선 생각하지 못하는 이들이 많습니다. 그저 그렇게 아파하기만 할 뿐, 아무것도 하지 못하고 있습니다. 아니 어쩌면 방법을 찾지 못해 절망하고 있는 건지도 모르겠습니다. 저 역시도 스스로를 어쩌지 못하고 고통을 숙명처럼 받아들이며 고통스러운 생활을 하였으니까요. 이렇게 많은 사람들이 죽음의 순간까지도 아파하면서 살고 있습니다.

　그렇다면 사람들이 고통스러운, 그 근원적인 이유는 무엇이고, 고통의 주체는 무엇일까요? 그리고 그 해결의 실마리는 어디에서 찾을 수 있는 걸까요? 개인적으로는, 어느 날 서점에서 우연히 『위빠사나』라는 책을 만나 명상을 하면서 고통스럽기만 하던 제 삶은 참 많이 변했습니다. 저에게는 위빠사나 명상을 하면서 살 수 있다는 것이 가장 큰 행운입니다.

몸과 마음, 그 본연의 모습을 들여다보라

요즈음 지하철이나 버스를 타면, 대부분의 사람들이 스마트폰을 바라보고 있는 것은 흔히 볼 수 있는 광경입니다. 기차역이나 공항에서도 마찬가지입니다. 뿐만 아니라 어린 자녀와 함께 버스에 있으면서도 아이를 돌보지 않고 스마트폰을 바라보는 사람이나 직장에서 스마트폰을 보느라 업무에 집중하지 못하는 사람도 있습니다. 편리한 삶을 위해서 스마트폰을 이용하는 것이 아니라 스마트폰에 이끌려, 한없이 스마트폰 세상 속으로 빠져들고 있습니다.

그런데 진정 행복하기를 원한다면, 주변에 있는 재미있는 것들이나 감동적인 이야기에 관심을 가지듯이, 자기 마음이 내는 소리에 귀를 기울여야 합니다. 이번 주말에는 맛집을 찾아가서 맛있는 걸 먹어볼까 아니면 뷔페로 푸짐하게 먹어볼까를 고민하고, 머리 염색은 노란색으로 할까 부드러운 갈색으로 할까 등등 무엇을 먹고 어떻게 외모를 가꿀까에 들이는 정성만큼, 아니 더 많이 자신의 몸과 마음, 그 본연의 모습을 들여다보아야 합니다. 왜냐하면 몸과 마음이 아프면, 그 모든 것들은 무의미한 것들이 되어 버리기 때문입니다. 또한 마음이 고통스러우면 가족이나 주변 사람들과의 불화뿐만 아니라 삶 그 자체를 포기하게 되기도 합니다. 그래서 자신이 왜 고통스러운지, 마음의 아픔은 무엇인지, 마음의 고통으로부터 벗어나기 위해서는 어떻게 해야 하는지에 대해 고민하고 행동해야 합니다.

행복이란 스스로 만들어가는 것입니다. 혹자는 다른 누군가 때문에 자신이 불행하다고 하지만, 사실은 누군가로 인해서 불행한 것이 아니라 자신이 진정 행복하지 않기 때문에 불행한 것입니다. 행복이란 공짜로 주어지는 것도 아니고, 누군가가 만들어 주는 것도 아닙니다. 자신을 행복하게 만들 수 있는 건 오직 자신뿐입니다. 분명 행복은 본인 스스로 만들어가는 것입니다.

그런데 자신의 행복을 위한 선택의 순간, 옳고 그름을 헤아릴 수 있는 안목이나 지혜가 없다면 어떻게 해야 하는 걸까요? 진정 앞의 노년의 남성처럼, 행복하기 위해서 확신을 가지고 평생 추구해 왔지만 기대와는 전혀 다른 고통이라는 또 다른 복병을 만나지 않기 위해서는 어떤 지혜가 필요한 걸까요?

우주 만물 모두는 나름대로 존재하는 방식이 있습니다. 따뜻한 열이 존재하는 방식이 있고, 물이 존재하는 방식이 있습니다. 그리고 바람이 존재하는 방식이 있고, 나무가 존재하는 방식이 있습니다. 또한 우리들이 살고 있는 지구나 태양계 역시도 존재하는 방식이 있습니다. 본래부터 가지고 있는 이런 존재 방식들은 거스를래야 거스를 수 없는 것들입니다. 마찬가지로 몸이 존재하는 방식이 있고, 마음이 존재하는 방식이 있습니다. 이 또한 거스를래야 거스를 수 없는 것들이 있기는 하지만, 그러나 이것을 알고 사는 것과 모르고 사는 것은 천양지차로 삶이 완전히 달라집니다. 다시 말해 있는 그대로 몸과 마음의 자연성에 대해서 아는 것은 매우 중요합니다. 왜냐하면 평화롭고 행복한 삶은 이런 앎에 달려 있기 때문입니다. 그렇다면 몸과 마음은 어떤 방식으로 존재하고 있는 걸까요? 거스를 수 없는 것은 무엇이고, 다스릴 수 있는 것은 무엇일까요? 그래서 몸과 마음, 그 본연의 모습을 꿰뚫어 알게 된다면 어떤 이익이 따를까요?

'적을 알고 나를 알면 백전백승'이라는 말처럼 진정 고통으로부터 자유로워지고 싶다면, 먼저 고통에 대해서 상세히 알아야 합니다. 그래서 고통스러워하는 몸과 마음, 그 본연의 모습을 들여다보는 것은 매우 중요합니다. 그 시작은 주변이나 세상이 아니라 자신에게 집중하는 것입니다. 오직 자신의 몸과 마음만을 지켜보면서 알아차리면(위빠사나), 삶을 고통스럽게 만들어 버리는 그 주체와 고통의 진원지가 무엇인지에 대한 지혜를 스스로 체득하게 됨으로써, 탐욕이나 어리석음, 그리고 분노와 같은 고통으로부터 자유로워질 수 있습니다. 누군가에 의해서가 아니라 오직 자신의 몸과 마음만을 지켜보며 알아차리면서(위빠사나) 스스로 체득하게 됩니다.

위빠사나(vipassanā)는 산스크리트어로, 위(vi)는 '모든 것'·'다양한'·'특별히'라는 뜻이고 빠사나(passanā)는 '꿰뚫어 보다'·'똑바로 알다'라는 뜻으로, 지금 이 순간 자신의 몸과 마음의 모든 것을 있는 그대로 정확하게 꿰뚫어 지켜보며 알아차리면서 몸과 마음 그 본연의 모습인 무상無常, 고苦. 무아無我라는 자연성을 체득하는 명상입니다.

마음은 행복을 만드는 놀라운 재주꾼이지만, 고통을 만드는 놀라운 재주꾼이기도 합니다. 마음은 늘 행복과 고통 사이를 넘나듭니다. 때문에 삶은 고통스러울 수밖에 없습니다. 하여 이 책에서는 그동안 살아오면서 경험한 것을 바탕으로 하여, 마음이 만들어 내는 고통으로부터 자유로워지기 위한 '마음의 순화', '마음 다스리기', 혹은 '뇌 새로 고침'을 도우며 마음 그 본연의 모습을 들여다보는 것에 집중해 보려고 합니다.

먼저 1장 "마음은 고통을 만드는 놀라운 재주꾼"에서는 마음이 존재하는 방식이나 반응하는 방식들을 섬세하게 표현해 보았습니다. 많은 사람들이 마음의 고통으로 인해 아파하면서도 마음 그 자체의 작동원리와 같은, 마음이 존재하는 방식들에 대해서는 관심을 두지 않습니다. 그래서 마음 그 본연의 모습을 들여다보면서 마음의 본성을 알고, 마음이 고통을 만드는 놀라운 재주꾼임을 확인하였으면 합니다. 더 나아가 지금 이 순간 '나'는 행복한가에 집중하는 계기가 되었으면 합니다.

분노는 본인뿐만 아니라 다른 사람들의 삶까지도 파괴합니다. 그래서 2장 "분노로부터 자유"에서는 분노의 원인, 분노가 만들어지는 과정, 분노의 속성, 큰소리치는 이유, 분노로 인한 상기 증상 해결하는 방법 등과 같이, 분노를 상세히 분석하고 들여다보며 분노로부터 자유로워지기 위한 방법들을 제시해 보았습니다. 그리고 분노로부터 자유로워지기 위해서는 자신뿐만 아니라 타인의 아픔도 들여다보는 것이 좋습니다. 그래서 3장 "'나'는 어떤 사람일까?"에서는 다른 사람의 속사정은 모르면서 자기만의 판단 기준으로 상대를 판단하며 '나는 옳다'라는 착각 속에서 고통을 만드는 사람들, 그런데 사실은 자신만 아픈 게 아니라 다른 사람들 역시도 아파하고 있으며, 결국 우리 모두는 함께 고통스러워하고 있음을 엿보았으면 합니다. 그래서 나는 어떤 사람인가에 집중을 하는 계기가 되었으면 합니다. 이것이 중요한 이유는, 고통으로부터의 자유란 '나'라는 것의 실체를 아는 것에서 시작하기 때문입니다.

자신은 자신이 만들어 가는 것입니다. 우린 행복하기 위해서 자신에게 집중하지만, 분명한 것은 자신이 변화하지 않으면 고통은 계속될 수밖에 없다는 점입니다. 또한 이기적인 사람은 성장(행복)할 수 없습니다. 4장 "'나'가 전부였던 삶에서"에서는 행복하기 위해서는 어떻게 해야 하는지와 함께, 자기 성장의 중요성 그리고 삶의 지표를 제시해 보았습니다. 그리고 화내면서 행복한 사람은 없습니다. 치유를 위해서는 자신의 내면을 들여다보다 보는 것이 좋습니다. 그래서 5장 "당신은 아름다운 사랑입니다"에서는 오롯이 자신의 내면에 집중하는 것의 중요성을 강조하고, 자신이 행복하기 위해서는 어떻게 해야 하는지에 대해서 언급하였으며, 자신을 위해서 하는 노력들이 더불어 세상을 아름답게 물들이는 기적임을 강조해 보았습니다. 그리고 6장 "모든 것이 경이롭습니다"에서는 마음을 알아차리는 자의 삶은 다르다는 것을 엿볼 기회가 되었으면 합니다.

우리는 얼마만큼 아파야 마음을 내려놓을 수 있는 걸까요? 사실 고통은 마음이 느끼는 감정입니다. 때문에 마음을 좀 더 깊이 있게 들여다보면서, 마음이 존재하는 방식들을 꿰뚫어 알아차리는 것은 매우 중요합니다. 이를 위해서 마지막 7장 "최상의 행복은 마음, 그 너머에 있다"에서는 마음이 존재하는 방식들을 13가지로 상세히 분석하여, 고집쟁이인 마음을 뛰어넘어 성장하기 위한 방법들을 제시하였으며, 좀 더 깊이 있는 마음공부를 위한 실천 방법을 제안해 보았습니다. 1장부터 6장까지가 마음의 본질을 알아가는 치유(마음의 순화)의 장이라면, 7장은 치유의 완성(마음의 정화)을 위한 실천의 장입니다.

사람들은 예측할 수 없고 끊임없이 변화하며 상실이 불가피

한 인생길을 걷고 있습니다. 그런 길에서 지금의 자리에 안주하려는 사람도 있고, 하루하루를 버겁게 살아가는 사람도 있습니다. 또한 귀를 막고 자기만의 의견을 고집하는 사람이나 이런저런 배움의 시간을 보내며 역동적인 삶을 살아가는 사람도 있습니다. 이렇게 서로 다른 모습으로 살아가는 사람들이 추구하는 삶의 최종 목표는 무엇일까요? 진정 자신이 원하는 것은 무엇일까요? 잘 먹고 잘 사는 것, 아프지 않는 것, 많은 돈, 명예 등등이 있겠지요. 그러나 그것이 무엇이든 마음에게 휘둘린다면 고통의 끝은 없습니다. 때문에 진정 고통으로부터 자유롭고 싶다면, 고통을 만드는 놀라운 재주꾼인 마음이 존재하는 방식이나 반응하는 방식들에 대해서 섬세히 아는 것이 매우 중요합니다. 하여 마음을 알고, 마음을 다스리는 방법으로 위빠사나 알아차림 명상을 제안해 봅니다.

이 책이 마음을 다스리며 진정한 행복을 찾아가는 길에 도움이 되었으면 합니다. 그래서 늘 평화롭고 행복하기를 빕니다.

그동안 함께했던 모든 분들 고맙습니다.
그리고 도움을 주신 모든 분들 고맙습니다.

2023년 3월
위빠사나 명상 수행자 영선

일러두기

이 책은 개인적인 삶의 경험으로, 지혜를 찾아 명상을 하며 공부하는 과정
에서 체득한 내용들을 피력한 글입니다. 혹여 이 글이 누군가에게 피해가
되었다면, 그럴 의도는 전혀 없으므로 이해와 용서를 빕니다.

5장 당신은 아름다운 사랑입니다 197

1장

마음은 고통을 만드는
놀라운 재주꾼

보이고 들리는 것에 잠식당하는 마음

2005년 유럽을 여행하는 도중에

비행기로 다른 나라로 이동하기 위하여, 탑승을 하고 있었습니다.

이때 저는 한 흑인 남자와 눈이 마주쳐, 눈인사를 나누었습니다.

저는 그가 먼저 갈 수 있도록 길을 양보해 주었습니다.

그런데 이 흑인 남자는

일반석이 아니라 비즈니스석으로 탑승하는 것이었습니다.

순간 놀랐습니다.

당연히 일반석으로 가리라고 생각했던 그가

비즈니스석으로 가는 것을 보면서

내가 편견에 빠져 있음을 직감할 수 있었습니다.

'흑인은 능력이 없는 사람들이니 일반석을 탈 것이다'라는

잘못된 인식이 깨어지는 순간이었습니다.

TV에서 계속 흑인 어린이들이

굶주리고 아파하는 모습들을 보았습니다.

영화나 드라마를 통해서 노예로 살아가는
흑인들의 모습을 자주 보았습니다.
어느 순간 나 자신도 모르는 사이에
흑인은 가난하고 배우지 못한
그래서 능력이 없는 사람들이라는 인식을 하고 있었던 것입니다.
흑인들 중에는 돈도 많고 많이 배운
능력 있는 사람들도 있다는 사실과는 관계없이 말입니다.

이렇듯 마음은 보이고 들리는 것에 잠식당하고 있었습니다.
그래서 마음의 눈으로는 순수하게
있는 그대로의 진리는 볼 수 없는 것이었습니다.

마음이 선호하는 사람?

'능력 있는 사람이 멋지다'라고 계속 보고 들은 마음은
돈과 힘(능력)이 있는 사람들을 선호하게 됩니다.

백인들은 처음으로 증기기관을 만들었고
자동차나 비행기를 만들어 냈습니다.
그리고 컴퓨터를 만들어 내는 등

우리들의 생활을 편리하게 만들어 주었습니다.

한때 백인들은 식민지로 세계 곳곳의 많은 장소를 지배했습니다.

그중에서 한 나라는 해가 지지 않는 나라라는

칭호가 붙을 정도로 식민지가 많았습니다.

달나라에 처음으로 착륙한 사람도 백인이었고

우주에 관련된 많은 정보도 백인들에 의해서 알게 되었습니다.

그리고 이런저런 여러 가지 이유로 인해서

백인들의 언어 중에 하나인 영어는 국제어가 되었고

백인들의 종교 역시 많은 지역에서

많은 종교인 수를 자랑하고 있습니다.

이러한 백인들의 이야기를 계속해서 듣다보니

백인의 것이라면 왠지 거부감 없이 받아들이게 됩니다.

그래서 백인을 만나면 더 친절하게 되고

이태리 레스토랑에서 식사를 한 것이 자랑이 되고

상품도 프랑스제라면, 이태리제라면

그리고 미제라면 이유 없이, 때로는 가격 제한 없이

명품이라며 무조건 선호하게 됩니다.

범죄자를 찾는 영화에서조차

범인은 백인보다는 흑인일 것이라는 예측을 하면서

백인을 더 좋아합니다.

백인 중에는 못 배운 사람들도 있지만

가난한 사람들도 있고 착하지 않은 사람들도 있다는
사실과는 관계없이 말입니다.

그렇다면 백인들은 동양인을 어떤 시선으로 바라보고 있는 걸까요?
가난한 동양인,
한때 자신들이 식민지로 지배를 했던 동양인,
이렇게 동양인은 '돈과 힘이 없다'는 이야기를
계속해서 보고, 들어 온 백인들 중 일부는
동양인에 대한 비하 발언이나 폭력, 무시하기 등등을 하며
스스로에 대한 자부심으로
백인우월주의에 빠져 있기도 합니다.

이렇게 마음은 무엇을 보고 들었느냐에 따라서
그래서 마음에 무엇이 담겨 있느냐에 따라서
같은 사람이지만, 선호하며 좋아하기도, 무시하기도 합니다.
모든 사람들은 동등한 가치를 지니고 있음에도 말입니다.

'당신은 소중한 사람입니다'

이 소리를 들으면 왠지 기분이 좋아집니다.

그런데 돈 앞에서는 이 소중한 '나'도 무너집니다.
아무리 '나는 소중하다'라고 외쳐도 소용이 없습니다.
'나는 소중하다', '나는 소중하다'라고 외칠수록
도리어 더 초라하게 느껴집니다.

어느 방송국에서 실험을 했답니다.
도로에서 녹색 신호가 들어왔는데 앞 차가 가지 않는 경우,
앞 차가 비싼 차면 조용히 기다리지만
저렴한 차가 안 가고 있으면
재빠르게 클랙슨을 누른다고 하네요.
돈에 의해 사람의 소중함의 가치가 달라지는 것을 보니 어떤가요?!

돈에게 가치를 부여하는 마음에게는
돈이 인격이 되고 목적이 됩니다.
그러다보니 자신을 더 비싼 명품으로 치장하려 노력하게 되고
사람들이 돈으로 보이기까지 합니다.
자신 역시 돈에 의해 자신의 소중함의 가치가
상실되는 것은 원치 않으면서도 말입니다.

그리고는 어느 날인가부터
좋은 것을 좋은 것으로 판단할 수 있는 능력도,

소중한 것을 소중한 것으로 볼 수 있는 안목도 상실해 버렸습니다.

이 인식의 흐름에 휩쓸려 가는 자신을 보면서도

벗어나기가 어렵습니다.

자신이 돈보다 더 소중하다는 사실과는 관계없이 말입니다.

이렇듯 돈에게 가치를 부여하는 순간부터

마음의 눈으로는 순수하게

있는 그대로의 진리는 볼 수 없는 것이었습니다.

진실을 오도하는 마음

후배가 이상하다며 말을 합니다.

늦게 하는 결혼이라

아이를 낳지 않기로 남자 친구와 약속을 했다고 합니다.

'아이를 낳지 않겠다'는 소리를 듣고

엄마가 잘하는 일이라고 하셨을 때는

걱정해서 하시는 것으로 기분이 좋았는데,

시누이가 잘하는 일이라고 했을 때는

왠지 말에 뼈가 있는 것 같고

기분이 나쁘게 느껴진다며 고개를 갸우뚱합니다.

참, 이상하죠?

같은 말인데도 누가 하느냐에 따라서

기분이 좋기도 나쁘기도 하니 말입니다.

이렇듯 마음은 불편한 사람이 말을 하면

무슨 말을 하건 이유 불문 불편해합니다.

그래서 불편한 사람의 진심은

보아도 보지 못하고, 들어도 듣지를 못합니다.

다시 말해 있는 그대로를 순수하게 받아들이지 못합니다.

그러나 좋아하는 사람이 말을 하면

가능한 수긍하고 인정하며 긍정적으로 받아들입니다.

뿐만 아니라 좋아하는 만큼 확대해서 받아들이기도 합니다.

마음은 있는 그대로의 사실보다는

자신이 원하는 대로 축소하거나 확대하면서 보고 듣습니다.

그래서 사랑하는 이의 기침 소리는 안타까움이며 걱정입니다.

그러나 그렇지 않은 사람의 기침 소리는 불편함이 됩니다.

이렇듯 마음은 사실과는 관계없이

자신의 감정들(혹은 선입견)을 덧씌우며

진실을 오도하고 있었습니다.

그래서 마음의 눈으로는 순수하게

있는 그대로의 진리는 볼 수 없는 것이었습니다.

변덕쟁이 마음

단소의 소리는

기쁠 때는 상큼하고 청아하게 들리지만

슬플 때는 심금을 울리는 구슬픈 소리로 들립니다.

바람소리는

편안할 때는 시원하고 상쾌하게 들리지만

외로울 때는 가슴을 저미는 스산한 소리로 들립니다.

친구의 충고는

기분 좋을 때는 약으로 들리지만

기분 나쁠 때는 시기하는 소리로 들립니다.

아내의 이야기는

평상시에는 달콤하게 들리지만

피곤할 때는 잔소리로 들립니다.

남편의 이야기는

즐거울 때는 정답게 들리지만

괴로울 때는 상처를 건드리는 아픈 소리로 들립니다.

드넓은 세상은

행복할 때는 아름답게 보이지만

화가 날 때는 문제점투성이로 보입니다.

마음으로 보고 마음으로 말을 한다

내 것보다 남의 것이 더 커 보이는 것은

마음으로 보기 때문입니다.

배고플 때는 온통 먹을 것만 보이는 것도

마음으로 보기 때문입니다.

그래서 외모에 관심이 많은 사람들은

다른 사람들의 외모에 관심을 가지며

자신의 외모를 가꾸는 데 많은 시간과 정성을 투자합니다.

마음은 관심이 있는 사람의 소리는 잘 듣지만

관심이 없는 사람들의 이야기는 잘 듣지 않습니다.

타국어인 듯 듣지 않습니다.

아프다고 소리쳐도 들리지 않습니다.

자기 사랑이 강해도 타인의 소리는 들리지 않습니다.

도리어 관심 가져 달라고 아우성치는

자기 내면의 소리만 들릴 뿐입니다.

자신의 아픔이 전부가 되어 다른 것은 보이지 않기 때문입니다.

그런데 미워하거나 싫어하는 사람들의 소리는 잘 들립니다.

그냥 잘 들립니다.

이유는 미움이나 싫어함도

일종의 불편이라는 관심이기 때문입니다.

이로 인해서 더 많은 갈등들을 만들기도 합니다.

삶이 고통스러울 수밖에요.

사람들은 마음으로 보고, 마음으로 듣고, 마음으로 말을 합니다.

그래서 자신이 상처 받은 것은

작은 소리도 크게 듣고 예민하게 반응하면서

갈등이나 불화를 만들어 갑니다.

마음의 잣대는 고무줄과 같다

산촌에서 태어나 자라서 그런지 산이 좋습니다.
물론 바다도 좋지만 산이 더 좋고
나물을 주로 먹고 자라나서 그런지
고기보다는 나물이 더 좋습니다.
다른 사람들도 비슷한 것 같습니다.
바닷가에서 태어나 자라난 사람은
바다를 좋아할 가능성이 크고
밥을 먹고 자라난 사람은 어른이 되어서도
빵보다는 밥을 좋아할 가능성이 큽니다.
책을 좋아하는 사람들은 학자가 될 가능성이 있고
욕이나 거친 말을 들으며 자란 사람은
어른이 되어서도 그런 말을 사용할 가능성이 있습니다.
친구로 인해서 고통을 경험한 사람은
그 사람의 이름만 들어도 불편해 합니다.
그리고 누구나 자신의 약점은
다른 사람들이 언급하는 것만으로도 싫어합니다.
서울 사람에게 피해를 본 사람은
서울을 싫어할 가능성이 크지만,
서울 사람에게 도움을 받은 사람은

서울을 좋아할 가능성이 큽니다.
또한 자주 보고 들은 것들은 친숙하게 느껴져서
좋아할 가능성이 더 많습니다.
그래서 대부분의 사람들은
타향 사람보다는 고향 사람들을 더 좋아합니다.
마음은 고통으로 경험한 것은 싫어할 가능성이 있지만
즐겁고 기쁘게 경험한 것은 좋아할 가능성이 있습니다.

이렇듯 대부분의 마음은 편향되어 있습니다.
때문에 마음의 잣대는 고무줄과 같아서
형평성이나 공정성을 유지하기 어렵지만
정확성을 유지하기도 어렵습니다.
그래서 주변 사람들에게 편파적이라며 비난 받는 것은
어쩌면 당연한 것일지도 모르겠습니다.
안타깝지만 말입니다.

마음이 지루하면 보이는 곳도 지루하다

3층 빌라에 살고 있습니다.
엘리베이터가 없는 곳이라 걸어서 올라가야만 합니다.

그런데 집에 올라갈 때마다 느낌이 다릅니다.

컨디션이 좀 좋으면 발걸음도 가볍게 올라가서

'벌써 3층이네' 하고 거뜬하게 올라가지만,

그렇지 않은 날은, 다 왔나 싶으면 2층이고

3층까지 가는 길이 힘겹고 멀게만 느껴집니다.

마음까지 바쁜 날은 더욱 더 그렇습니다.

기분이 좋으면 먼 곳도 가깝게 느껴지고

무거운 것도 들 만하게 느껴집니다.

시간도 마찬가지입니다.

즐거울 때는 시간이 빠르게 가는 느낌이지만

누군가를 기다리거나 아무것도 하지 않는 시간은

참 느리게 간다는 느낌입니다.

그런데 이뿐만이 아닙니다.

마음이 외롭거나 우울할 때는,

세상의 아름다움은 보이지 않습니다.

아니 느껴지지 않습니다.

마음이 힘든 상황이면 모든 것이 다르게 느껴집니다.

평소라면 이해할 수 있는 일도

공연히 화가 나고 짜증이 납니다.

그래서 버스에서 우물쭈물하다가

늦게 내리는 사람이 보이면 불편하고

도로에서 옆 차가 갑자기 끼어들면 화가 납니다.

즐거웠던 일도 귀찮고, 같은 일도 기분 나쁘게 느껴집니다.

마음이 지루하면 바라보이는 곳도

지루하게만 느껴집니다.

있는 그대로의 세상이 보이지 않습니다.

이렇듯 마음은 그 순간의 기분에 따라서

같은 것도 다르게 해석하며 판단을 하고 있었습니다.

이것은 마음이 착하고 나쁘고의 문제가 아니라

마음의 원래 모습입니다.

자신에게는 끝없이 너그러운 마음

한때 매우 선풍적인 인기를 끈 드라마가 있습니다.

아름다운 여주인공은 친구의 남편을 유혹합니다.

드라마를 계속 보면서 주인공에게 동화되어 갔고

주인공의 아픔이 공감되어 이해로 다가왔습니다.

그리고 화면을 통해 여주인공의 속내를 계속해서 들여다보면서

자신도 모르는 사이에, 불륜이어도 상대방이 잘못했을 때는

괜찮은 것이라는 인식이 되어 버렸습니다.

불륜은 잘못된 것이라는 생각이 들지 않았습니다.
분명 잘못된 일임에도 마음은 너그러워져 갔습니다.
도리어 그럴 수도 있다는 생각을 하게 되었습니다.

이렇듯 마음은 계속 보고 들음으로써 공감이 되면
잘못에 대해서도 관대해집니다.
그래서 모든 이야기의 중심인 '나'는 항상 옳고
잘못을 해도 용서하며 끝없이 너그럽기만 합니다.
뿐만 아니라 때로는 자신이 하는 잘못에 대해서는
의식조차 하지 못하기도 합니다.
그리고 친지나 친구들의 잘못에 대해서도
좀 더 우호적이고 관대해지면서
'그럴 수도 있다'는 생각을 하게 됩니다.
이로 인해서 불공평이 야기되기 시작합니다.
자신이나 좋아하는 사람들의 잘못은 이해가 됩니다.
그리고 너그럽기만 합니다.
그러나 타인으로 생각되는 사람들의 잘못은 이해가 되지 않습니다.
아니 용납되지 않습니다.
다시 말해 같은 잘못도 누가 하느냐에 따라서 다른 판단을 합니다.
모든 사람들이 다 이해받고
사랑 받을 자격이 있다는 사실과는 관계없이 말입니다.

그래서 '내'가 중심인 마음, 나만을 사랑하는 이기적인 마음이
있는 그대로 공평성을 유지하는 것은 매우 어려운 일이었습니다.
때문에 공정성이나 객관성을 실천하는 것은
매우 어려운 일이었습니다.

마음은 보고 싶은 것만 본다

전화벨이 울렸습니다.
기다리던 사람에게서 온 것일까? 하며 마음은 예측을 합니다.
전화를 받아 보니 다른 사람입니다.
그리고 다시 전화벨이 울렸습니다.
이번엔 바로 전에 문자를 보낸 사람에게서 온 것일까? 하며
다시 예측을 하였지만 역시 다른 사람입니다.

이렇듯 마음은 근시안적으로 생각하는 경향이 있습니다.
이뿐만이 아닙니다.
회사를 출퇴근하면서 몇 년 동안
매일 다니다시피 하던 버스 정류장 부근에
부동산 중개업소가 있다는 것을 안 것은
이사를 하기 위해서 관심을 가지고 나서부터입니다.

그야 말로 장님처럼 지나치면서도 보지 못했습니다.

날씨가 몹시 더워서
시원한 원피스를 장만해야겠다고 생각하자
마음은 그 뒤부터 쇼윈도에서 원피스만을 찾아봅니다.
지나가는 여성의 옷이 원피스면 디자인을 유심히 봅니다.
마음은 간절하게 원하는 것이 있으면 그것만을 해바라기합니다.
그러면 다른 것은 보지 못하는 것은 물론
간절히 원하는 것이 있으면
그것으로부터 벗어나는 것도 어렵습니다.
아니 고통스러워하면서도 벗어나지 못합니다.

이렇듯 마음은 자기가 보고 싶은 것만 보는 경향성뿐만 아니라
근시안적이면서 해석도 자기가 선호하는 방향으로 합니다.
그러다보니 놓치는 것들이 많습니다.

그런데 마음은 왜? 자신의 결점은 보지 못하면서
다른 사람들의 결점은 잘 보는 걸까요?

살아 있는 많은 날들이 아픈 이유

어릴 적에 환희에 찬 행복감을 경험한 기억이 있습니다.

경기도 안성에 있는 오촌리라는 산골 마을에서 살았습니다.

초등학교 2학년인지 3학년 때인 것 같습니다.

그때는 바람이 불어 감나무에서 꽃잎이 떨어지면

그 꽃잎을 실에 꿰어 목걸이를 만들어 목에 걸고

토끼풀 꽃으로는 반지를 만들어 끼며

산으로 들로 뛰어 다니며 놀았습니다.

어느 이른 봄날 친구들과 함께 산에서 뛰놀다가

해질 무렵 몽우리가 있는, 아직은 피어나지 않은 진달래 가지를

한 묶음 꺾어 가지고 집으로 돌아와서

물병에 담아 책상 위에 올려놓았습니다.

그리고는 잊고서 며칠이 지났습니다.

학교에서 돌아왔는데 연분홍빛 진달래꽃이 한 아름 활~짝 피어나

방안 가득 빛을 발하고 있었습니다.

그 화사한 아름다움에 대한 감동이 절로 흘러 나왔습니다.

'와~~!!'

꽃이 꽃잎을 열면서 발산한 분홍빛 아름다움의

생생한 느낌에 대한 감탄이라고 해야 할까요!

그 빛은 이 가슴속 깊은 곳까지 들어와

큰 감동을 전해 주었습니다.

50년이 지난 지금도 잊혀지지 않을 만큼

환희의 기쁨으로 다가왔습니다.

지금도 그 기억을 떠올리면 행복합니다.

꽃은 언제나 절 미소 짓게 하고 행복하게 합니다.

이렇듯 기억을 하는 것만으로도

마음은 언제든 기억 속의 감정에 몰입을 합니다.

그러면 그 일은 마치 어제 일처럼

다시 그 감정 속으로 깊이 빠져들게 됩니다.

때로는 미소 짓고, 때로는 아파하면서요.

마음은 늘 과거, 현재, 미래를 넘나들며 기억(감정) 놀이를 합니다.

그런데 마음이 자주 이용하는 것은 강렬했던 기억입니다.

고통이란 강렬함입니다.

더 많이 고통스러울수록 더 강렬합니다.

그래서 마음은

배신으로 처절하게 아팠던 기억

견딜 수 없는 두려움에 몸을 떨었던 기억

사랑받지 못해서 가슴이 사무치도록 아팠던 기억
사랑하는 사람과의 갑작스런 이별 등등과 같이
자신이 경험했던 것 중
가장 강렬했던 고통의 기억들을 자주 떠올리곤 합니다.
그래서 살아 있는 순간순간 많은 날들이 아픕니다.

되새김질은 마음이 존재하는 방식

나이 드신 어머니께서 건강검진을 받느라
대학병원엘 함께 간 적이 있습니다.
주사실, CT실, 위장 내시경, 대장 내시경 등
한참을 돌아다니다 화장실을 가게 되었습니다.
그때 한 여인이 세면대에서 손을 씻고 있었는데
그녀는 누군가 사용한 휴지를 쓰레기통에 버리지 않고
세면대 한쪽 구석에 놓은 것을 보면서
여러 가지 말들을 쏟아내고 있었습니다.

"여기가 자기 집이면 저러겠어?
자기가 쓴 것은 자기가 버려야지.
저렇게 무식하게 행동하면 되겠어?

사람이 이런 식으로 살면 안 되지."
등등의 여러 말들을 계속해서 쏟아내고 있었습니다.
그녀는 누구를 위해서
자신에게는 직접적으로 피해가 없는 일에
시간과 에너지를 낭비하면서 비난을 하고 있는 걸까요?

그런데 이렇게 비난하는 순간 가장 고통스러운 건
비난받는 사람이 아니라 비난하는 자신입니다.
비난뿐만 아니라 화를 내면 화를 내는 사람이 고통스럽고
짜증을 내면 짜증을 내는 사람이 고통스럽습니다.
그럼에도 마음은 습관적으로
늘 누군가를 비난하거나 짜증을 냅니다.
스스로를 의식하지 못한 체로
고통스러워하면서도 이런 되새김질을 계속합니다.

되새김질은 마음이 존재하는 방식입니다.
그래서 마음은 걱정하기, 불만을 토로하기,
원망하기, 누군가를 미워하기, 외로워하기, 두려워하기 등등
이런 고통의 감정들을 습관적으로 되새김질합니다.
때문에 어떤 사람은 늘 비난을 하고
어떤 사람은 늘 걱정을 하고

또 어떤 사람은 늘 불만을 토로합니다.
삶이 고통스러울 수밖에요.

마음은 늘 방황하고 방황한다

살다 보면 어느 날은
왠지 모든 것이 지루하게만 느껴지는 날이 있습니다.
이런 날은 그 반찬이 그 반찬인 것 같고
먹기가 싫어져서 '뭐 다른 게 없을까?' 하며
냉장고 여기저기를 뒤져보게 됩니다.
그러다 김치 냉장고에서 새로이 김치를 꺼내어 먹어보지만
이 역시 얼마 전에 먹었던 것이라 그런지 먹기가 싫습니다.
그런데 외식으로 식당에서 오랜 기간 먹다 보면
이 역시도 질려서 '다른 맛있는 것이 없을까?' 하며,
맛집을 찾아 여기저기 두리번거리게 됩니다.

회사에 출근을 하거나 외출을 자주 하다 보면
옷을 입을 때마다 입고 나갈 만한 마땅한 옷이
손에 잡히지 않을 때가 있습니다.
이 옷은 엊그제 입은 것이라 싫고

저 옷은 가는 장소와 어울리지 않아서 싫고

또 다른 옷은 왠지 입기가 싫고 등등…

옷은 많은데

그럼에도 입을 만한 옷이 손에 잡히질 않습니다.

그래서 새 옷을 사서 입어보지만

이 역시도 계속해서 입다 보면 손에 잡히질 않습니다.

하루하루 같은 날들을 반복해서 살다 보면

삶이 무료하게만 느껴지고

뭔가 특별한 일이 없을까 하며 새로운 것을 찾게 됩니다.

그러다 여행이라도 떠나게 되면,

삶에 활기가 느껴지고 기분이 상쾌하고 즐겁기만 합니다.

집이나 가족 생각은 나질 않습니다.

그렇게 여행을 마음껏 즐기다 돌아오면

아들은 저에게 '아니 어떻게 전화 한 번을 안 해요?'라고 말합니다.

그런데 이렇게 즐겁기만 한 여행도

여행지에서 1달이 지나가고 2달이 지나가면서는

다시 집이 그립고 집으로 돌아갈 날 만을 기다리게 됩니다.

그리고 집으로 돌아와 시간이 흐르면

삶은 다시 무료한 일상 속으로 빠져들며

지루함이 되고 고통이 됩니다.

굶주리던 사람에게 처음 받아본 10가지 반찬의 밥상은

매우 감동적이고 감사한 일입니다.

그러나 계속해서 같은 밥상을 날마다 받으면

그 감동은 사라집니다.

이것이 바로 마음입니다.

마음은 처음 접하는 것은

잠시 신선해하며 호기심에 관심을 보이다가도

적응이 되고 시간이 흐르면, 다시 심드렁해지고

또 다시 무료함 속으로 빠져들곤 합니다.

심지어, 가족이 아프다고 하면 처음에야 놀라고 걱정을 하지만

시간이 지나서 이 역시도 일상이 되어 버리면 다시 심드렁해지고

'너는 원래 아픈 사람'이라며 관심을 주지 않습니다.

마음은 같은 것이 반복되는 것을 무척이나 싫어합니다.

그래서 변화가 없는 것 같은 평범한 일상은

마음에게는 견딜 수 없는 지루함이고 고통입니다.

그래서 마음은 집을 떠나서

여행지를 돌고, 돌고

옷을 입는 유행도 돌고, 돌고

음식도 맛있는 집을 찾아서 돌고 돕니다.

그러고 보면, 지구만 돌고 도는 것이 아니라

마음도 이런 것 저런 것들을 찾아서 돌고 돕니다.
마치 가출한 청소년이 거리를 방황하듯이
마음도 돌고 돌며 늘 방황을 합니다.
그래서 마음은 늘 새로운 거, 참신한 거, 색 다른 거,
신선한 거, 설레이는 거, 가슴 두근거리는 거,
더 맛있는 거, 더 재미있는 거, 더 편안한 거, 더 힘나는 거,
다른 거, 또 다른 거, 또또 다른 거 등등을 찾아서
끝없이 방황하고 방황을 합니다.

마음은 보이고 들리는 대로 배운다

어머니께는 88세의 언니 한 분이 계셨습니다.
지금은 돌아가신 이모님이 가족들을 만나면
늘상 하시는 말씀이 있습니다.

"오빠랑 남동생이랑 나랑 셋이서 홍역에 걸렸는데
아버지가 약을 사다가 나는 안 주고 두 아들들만 먹이셨어.
난 딸이라고 약도 안 주셨어.
그런데 아들들은 다 죽고 나만 살아났지.
그러니까 아버지는 날 보고

'네가 아들이면 좋겠다.'라고 말씀하셨지."

이런 내용의 이야기를 울고 웃으며 한참을 계속하셨습니다.
그러더니 오늘은 전에는 듣지 못했던,
본인의 자녀들에 대한 이야기를 덧붙이셨습니다.

"우리 큰 딸이 손녀딸을 낳고서
애기를 그만 낳으려고 하는 걸, 내가 말렸어.
'아들이 있어야 한다.
네가 아들이 없으면, 나는 허전해서 못 산다.'라고 했지.
그러다가 딸이 손자를 낳으니까
마음이 든든한 게 너무 좋더라고, 호호호…"

딸로 살아온 세월이 너무 아프고 서러워서
80년 세월이 지나서도 눈물을 흘리는
잊지 못하는 고통의 기억이면서도
이모님 본인조차도 아들을 선호하고 계셨습니다.

이렇듯 마음은 좋아하고 싫어하고에 관계없이
보이는 대로, 들리는 대로, 느끼는 대로,
그리고 경험한 대로 받아들이면서 배우고 있었습니다.

너무 아파하면서도 배우고 있었습니다.

자신도 모르게 물이 스며들듯이 받아들이면서 배우고 있었습니다. 옳음과 그름과는 관계없이 배우고 있었습니다.

그래서 선하고 착한 일도 배우지만

때로는 무시하기, 차별하기, 비난, 폭언, 폭행 등등과 같은

아름답지 않은 행동을 배우기도 합니다.

아파하면서도 배웁니다.

상대방을 헤아리지 않는 마음

택시를 타고 집으로 돌아오고 있었습니다.

기사님께 날씨가 좋다고 말하며 인사를 드렸더니

기사님이 이런저런 이야기를 하시네요.

"작은 아들이 대학을 가지 않아서 많이 힘들었습니다.

제가 공부를 못해서 아들은 꼭 공부를 시키려고 했는데

아들은 대학을 가기도 전에 아이가 생겨서

결혼을 하게 되었습니다.

그리고 군대 갔다 오고

......

물론 지금은 돈도 잘 벌고 잘 살고 있어요.

아들은 괜찮다고 하지만 저는 아직도 편하지 않아요.

지금 제가 목에 걸고 있는 이 목걸이랑 팔찌, 아들이 사준 거예요.

하하하……"

기사님은 자신이 배우지 못한 것이 한이 되어

아들은 꼭 대학 공부를 시키려고 노력(집착)했지만

뜻대로 되지 않자

많은 시간이 흐른 지금까지도 괴로워하고 계셨습니다.

그런데 참 이상하죠?

왜 부모님들은 사랑하는 자녀들에게

그들이 원하는 것보다

자신이 원(집착)하는 것을 주려고 하는 걸까요?

진정 사랑한다면 본인이 원하는 것을 주어야 할 텐데…

사랑하는 이의 의사는 헤아리지 않는 마음, 어쩌면 좋죠?

자기 입장만 주장하는 마음

오랜 시간을 기다리다가 버스를 탄 승객이

기사님에게 화를 냅니다.

"이렇게 늦게 오면 어떻게 해요!"
"길이 막혀서요."
"배차 간격이 몇 분인데요?"
"차가 막히는데 내 마음대로 되나요?"
"그래도 그렇지, 기다리는 사람 생각을 해 봐요."
"가 보세요. 차가 막히는지 아닌지."
"추운데 기다리는 게 얼마나 힘든 줄 알아요?"
"글쎄 내 마음대로 안 된다니까요."

기사님은 자신의 책임이 아니라고 주장하고
승객은 힘들었다고 주장하고
서로들 자신의 입장만을 주장하고 있습니다.
이런 반응 방식으로 산다면
다툼의 끝은 언제쯤 올 수 있을까요?
아니, 다툼이 영원히 지속되면 어쩌죠!

마음은 고통을 만드는 놀라운 재주꾼

며칠 전 게임이라는 것을 하게 되었습니다.

가로든 세로든 한 줄을 꽉 채우면

그 줄이 비워지면서 점수가 올라가는 게임입니다.

3~4일 동안 오전, 오후에 10분에서 20분 정도를 했는데

이후에는 그 게임 기억이 자연스럽게 떠 올라왔습니다.

그럼에도 계속 게임을 하지 않자

마음이 '잠깐만 하자'라고 하며 유혹을 하네요.

'아~! 이렇게 마음이 하는 유혹에 넘어가는구나!'

하는 생각을 하였습니다.

만약 마음이 하는 '게임을 잠깐만 하자'라는 유혹에 넘어간다면,

그래서 게임을 계속하게 되면

아마도 게임은 습관이 되고

중독이 되는 것은 자연스러운 현상이 되겠지요.

게임에서 이기고 싶고 승리하고 싶은

생존 본능을 포기하는 것은 매우 어려운 일이기 때문입니다.

또한 쾌락이라는 즐거움을 떨쳐버리는 것도 어렵습니다.

때문에 스스로 빠져들어 중독을 자처하기도 합니다.

마음을 지켜보지 않고 마음이 하는 유혹에 넘어간다면
그래서 생각(기억)나는 대로, 하고 싶은 대로 한다면
게임뿐만 아니라 핸드폰 중독, 비만, 담배, 술, 상품구매 등등의
중독이라는 철장에 갇혀 평생을 살게 됩니다.

기억(혹은 생각)은 마음이 존재하는 방식입니다.
기억은 습관을 부르고, 습관은 중독을 낳습니다.
그리움도 기억이고 두려움도 기억입니다.
후회, 근심, 걱정도 기억이고
미움, 슬픔, 아픔, 분노, 공황장애도 기억입니다.

이렇듯 마음은 기억으로 스스로를 활성화시켜 가면서
행복이든 고통이든 만들어 냅니다.
뿐만 아니라 마음은 지금이 두려우면
더 큰 두려움이 다가올 것만 같은 착각 속에 빠져들게 하고
지금 불행하면 이 불행이 계속될 것만 같은
절망 속에 빠져들게 합니다.
마음은 늘 망상, 공상, 환상, 몽상, 과대망상, 피해망상 등등으로
고통이 일상이 되게 만들어 버립니다.
마음은 고통을 만드는 놀라운 재주꾼입니다.

불화나 갈등이 필연적인 이유

여동생과 어머님, 이모님, 고모님, 남동생은
같은 종교 생활을 하고 있습니다.
고모님은 서울에 있는 큰 교회를 열심히 다니고 있습니다.
고모님은 일요일뿐만 아니라 토요일에도 교회에 나가시는데
어느 날 제게
"우리 교회 하나님 믿고 천국 가라."라는 말씀을 하시네요.
그래서
"고모, 어떤 사람이 다른 과일은 전혀 먹어보지 않고
오직 참외 하나만 계속 먹으면서
'참외는 세상에서 제일 맛있는 과일이야.
다른 모든 과일들은 맛도 없고
해로운 독이 들어 있어서 먹으면 배가 아파.
그러니까 먹으면 안 돼.'라고 말하면
사과나 수박, 포도, 복숭아, 배, 딸기 등등
다른 과일들을 먹으면서 좋았던 사람들이 그 말을 믿겠어요?
그래서 진정 자신을 위한다면
참외뿐만 아니라 다른 과일들도 먹어 봐야 하는 거예요.
건강이 더 좋아질 수도 있으니까요.
마찬가지로 고모가 믿는, 교회에 나가야 천국에 가고

다른 종교를 믿으면 천국에 못 간다고 말하려면,

고모를 위해서라도

다른 교회뿐 아니라 다른 경전들, 예를 들어 힌두교 경전,

도덕경이나 대학 같은 중국 경전, 이슬람 경전,

이스라엘의 카발라, 또 다른 예수, 붓다의 경전 등등

깨달은 스승님들의 말씀을 보고 들으면서 배워야 해요.

어쩌면 생각지도 못했던 참된 진리를 접할 수도 있으니까요.

그리고서 그래도 '역시 우리 교회가 최고야'라는 판단이 서면

그때 '우리 교회 다니면서 하나님 믿고 천국 가라.'는 말씀

다시 해 주세요."라고 한 적이 있습니다.

고모님은 결혼을 하고 고모부와 함께 교회에 다니기 시작했는데,

30년 넘게 다닌 그 교회는

고모님의 시어머님이 다니시는 교회입니다.

대부분의 사람들은 그것이 무엇이든

오랜 시간 보고 듣고 경험하는 것들에게

영향 받지 않기는 참으로 어렵습니다.

그래서 힌두교 집안에서 태어나서 성장한 사람들은

힌두교인이 될 가능성 크고,

기독교인 집안에서 태어나서 성장한 사람들은

기독교인이 될 가능성이 큽니다.

그리고 불교인 집안에서 태어나 성장한 사람들은
불교인이 될 가능성이 큽니다.

이렇듯 마음은 듣고 또 들어서
'좋고 싫고'나 '옳고 그름'이라는 것이 마음에 스며들면
그 습의 거울로 세상을 바라보며,
그 습의 내용물이 모든 것을 판단하는 기준이 됩니다.
다시 말해 자신의 경험을 통해서 얻은 지식이
모든 것을 분별하고 판단하는 기준이 되어 버립니다.
자신도 모르는 사이에 인식되어 습이 된 것들에 의해서
옳음과 그름을 판가름하는 것입니다.
물론 모르는 것들은 고려의 대상이 될 수 없습니다.
이것은 매우 중요하지만
자신이 '모른다'는 사실을 인식하지 못한 채로
사실과는 관계없이 들은 만큼, 본 만큼, 아는 만큼만 판단을 합니다.
그러면 이 기준(편견)으로 인해서
상대적인 것들은 이해하기 어려울 뿐만 아니라
불편하게 느껴집니다.
자신에게 피해를 주지 않음에도 그냥 불편합니다.
이유물문 불편합니다.
자신이 옳다고 생각하는 기준에서

벗어난 것이라고 생각되기 때문입니다.

그래서 옳은 것을 옳은 것으로 보지 못하기도

그른 것을 그른 것으로 인식하지 못하기도 합니다.

때문에 자신이 잘못되었다고 하더라도

잘못된 것이라는 것을 인식하지 못합니다.

뿐만 아니라 마음에 상처라도 있는 경우에는

작은 자극에도 못 견뎌 하거나

더 강하게 반응하는 등의 과민 반응을 보이기도 합니다.

또한 마음이 뭔가 부족(결핍)해서 고통스러웠을 경우

그 부분을 강하게 집착하기도 합니다.

그래서 어릴 적에 뭔가 부족하다고 느꼈던 사람은

그것에 집착합니다.

가난했던 사람들은 돈에 집착하고

옷이 부족했던 사람은 옷 구매에 집착을 하고

공부를 못한 사람들은 공부에 집착을 하며

사랑하는 사람들(혹은 자식)에게는

'너를 위해서, 혹은 너를 사랑하기 때문에'라는 이유로

그들이 원하는 것이 아니라

자신이 좋아(집착)하는 것을 주려고 합니다.

이로 인해서 주는 사람도 아프지만 받는 사람도 아프기만 합니다.

왜냐하면 받는 사람 역시도 자기 나름대로의

식견이나 관점이 있고 집착하는 것이 다르기 때문입니다.
다시 말해 마음의 내용물인 습(혹은 고정관념)이
다르다는 것은 자연스럽게 불화나 갈등이라는
결과물을 만들어 낼 수밖에 없습니다.

좋아하고 싫어하는 것 혹은 고정관념은
한 집안에서 함께 성장한 사람이라고 하더라도
남자와 여자가 다르고, 형과 동생이 다를 수 있습니다.
어떤 이유로든 태어나는 순간부터
보고, 듣고, 영향 받는 내용들이 조금씩은 다르기 때문입니다.
또한 내면의 모습도 다릅니다.
결국 이런 다름은 형제간의 갈등, 가족간의 갈등을 만들어 냅니다.
더 나아가 이런 다름은 친구간의 갈등,
어른이 되어서는 부부간의 갈등, 이웃간의 갈등,
지역간의 갈등, 세대간의 갈등 등등
끝없이 많은 갈등들을 만들어 내기도 합니다.

그런데 이런 갈등으로부터 자유로워지는 것은 쉽지 않습니다.
아니 어렵습니다.
다른 것들에 대한 진실의 정도를 판단할 능력이 없으면서도
다름은 받아들이지 못합니다.

때로는 진실임을 알면서도 받아들이지 못합니다.
이유는 마음이 보고, 듣고, 경험한 자기만의 내용물들이
마음의 고정 틀, 다시 말해 고정관념이라고 하는 마음의 생김새,
그 자체가 되어 버렸기 때문입니다.
결국 행복하기 위해서 지키려던 고집(고정관념)은
무기가 되어 자신을 치고 가족을 치며 모두를 아프게 합니다.
마음이 자신과는 다른 상대적인 고정관념들에게는
철벽이라는 장막을 치고 있기 때문입니다.
그래서 상대방의 이야기는 들어도 이해하지 못하고
보아도 가슴에 와 닿지 않습니다.
마치 서로 알아듣지 못하는 타국어로 대화를 나누는 것처럼요.

이 외에도 마음은 자신의 잘못은 의식하지 못하면서도
상대방의 잘못은 잊지 않습니다.
더구나 이기적인 마음이 발동을 하게 되면
결코 양보하려 하지 않습니다.
그래서 사람들은 잘한 것보다 잘못한 것을 기억하면서
갈등이나 불화로 더 많이 아파들 합니다.

몸은 죽어 가는데 마음은 청춘이란다

추운 겨울 날, 가족 중에 50대인 한 사람이
뇌출혈로 병원에서 응급 수술을 받았다는 소식을 듣고
저녁 7시가 다 되어가는 시간에 병원으로 가고 있었습니다.
택시를 탔는데, 기사님이 여자 분이셨습니다.
50대 후반으로 보이는 기사님이
조심스럽게 출근하는 길이냐며 물어왔습니다.
아니라고 사정을 이야기하자
자신도 늙으면서 여기저기 아파오는 것 때문에
한동안 많이 힘들었다고 하시네요.

이렇듯 나이가 들어가니 대화의 주제나 들려오는 소식은
주로 노화로 인한 아픔이나 죽음입니다.
물론 20~30대에는 관심조차 없었던 그런 이야기입니다.
생각해 보면, 20~30대에 노화는 먼 나라 이야기처럼 들렸습니다.
그래서 나이 드신 분들이
'참 좋을 때다.' 혹은 '제일 예쁠 때다.'라고 말씀하시면
무슨 뜻인지 이해할 수 없었습니다.
그런데 나이가 들어가면서 많은 것들이 달라지기 시작하였습니다.

누구나 어린 시절은 순수합니다.

저 역시도 아주 순수한 소녀였습니다.

그리고 배우고 성장하면서

아는 것도 많아지고 능력도 생기면서

자신의 주관대로 당당하게 살아가게 됩니다.

20대 초반에 저는 스스로를 똑똑한 사람이라고

생각한 적이 있습니다.

그래서 무엇이든 원하면 다 할 수 있다고 생각했습니다.

그러나 계속해서 다가오는 우환에

자존심은 처참히 무너지고 말았습니다.

벼랑 끝에 내몰렸지만 목숨 줄은 놓기 어려웠습니다.

아무것도 없는 들판에 홀로 놓여 있는 느낌이었습니다.

노력에 노력이 더해지면서 홀로 서기가 가능해지자

이제는 사막에 내버려져도 살아서 돌아올 수 있다는

막연한 자신감이 생겨났습니다.

나이 들어 중년이 되어서 육체적으로 많이 아팠음에도 불구하고

포기는 모르는 사람이라고 생각했습니다.

아직은 버틸 힘도 있고

주변에서는 능력을 인정받고 있었기 때문입니다.

그리고 주변에서 나이 드신 어른들이

뭔가를 잃어버리거나 헤매는 것을 보면서

왜 저러는 것인지 이해할 수 없었습니다.

그런데 몸에 노화 증상이 확연히 나타나면서
모든 것이 달라지기 시작하였습니다.
햇볕에 검게 그을렸던 피부는
20대 초반에는 며칠 지나면 뽀얀 피부로 다시 돌아와 주었지만
이제 나이가 들어 60이 넘어가니
한 달이 지나 두 달, 세 달이 지나가도 그대로였습니다.
그리고 기억력은 엉망이 되어 갔고
노화로 인한 통증들이 계속되었습니다.
그리고는 버티기가 힘들었고, 자꾸만 한계가 느껴졌습니다.
그러면서 이해할 수 없었던
늙음이란 아픔이, 이해로 다가왔습니다.
이 육체가 호흡을 멈추기 전까지는
아마도 이런 여러 가지 아픔의 증상들은 계속되겠지요.
그러면서 그분들의 말씀이 가슴에 와 닿았습니다.
그때는 몰랐었는데 시간이 지나가고 늙음이란 것이 다가오니
그 말씀이 이해가 되고, 젊음의 소중함이 느껴졌습니다.
결국 생로병사라는 거대한 자연법칙을
받아들일 수밖에 없었습니다.

죽음으로부터 자유로운 사람이 있을까요?

우리들은 주변에서 몇 천 년은 아니더라도

몇 백 년이라도 죽지 않고 산 사람을 본 적이 없습니다.

150년 이상 죽지 않고 산 사람도 본 적이 없습니다.

단 한 번도 없습니다.

그럼에도 자신이 늙고 병들어 죽을 것이라는 것을

받아들이는 것은 왜 이리 어려운 것일까요?!

자신이 살아온 모든 날들에서, 늙고 병들어 죽어 가는 사람들을

수없이 보아 왔으면서도 말입니다.

늙음이란 몸의 여기저기가 자꾸 고장이 나는 시간이며

할 수 있었던 것을 하지 못하는 시간입니다.

그래서 자신의 한계를 알고 인생의 허무함을 자각하며

죽음을 받아들이는 시간입니다.

이제는 나이가 칠십, 팔십이신 분들을 보면, 존경스럽기만 합니다.

자신이 늙어 가는 모습을 보면서 아파하는 것을 보면

안쓰럽기까지 합니다.

노화는 그 어떠한 것으로도 대체할 수 없는

멈추어지지 않는 자연법칙입니다.

그럼에도 마음은

육체가 노화로 인해서 아파하는 것을 지켜보면서도
죽음을 받아들이려 하지 않습니다.
우린 노화라는 아픔의 과정을 거치면서
그동안 스스로는 내려놓을 수 없었던
마지막 삶의 집착, 아만, 아집, 원망 등등을 녹여내면서
결국 죽음을 받아들이기 시작합니다.
뿐만 아니라 노화라는 자연법칙은
그동안 살아오면서 배우지 못했던
이해, 용서, 사랑, 순리, 순응, 운명 등과 같은
또 다른 것들을 배우게 합니다.
그래서 아프지만 늙어볼 수 있음이 고맙습니다.

죽음을 앞둔 한 노인이
'너무나 성실히 살아온 삶이 후회가 된다.'라는 말씀을 하셨답니다.
순간 '멍' 했습니다.
'열심히 살아도 후회할 수 있구나!'라는 생각으로요.
그렇다면 우린 죽음의 시간이 다가오면
어떤 생각을 하게 되는 걸까요?!
열심히 살아도 후회하고
열심히 살지 않아도 후회한다면
어떻게 살아야 후회 없는 삶이 가능한 걸까요?

자기만 사랑하는 마음

자기만 사랑하는 마음은
많은 것을 가지고 싶어 합니다.
주변을 둘러보면 가지지 못한 것들이 더 많아 보이니
가진 것이 많아도 행복하지 않습니다.

자기만 사랑하는 마음은
타인을 덜 사랑하므로 거리감이 느껴집니다.
힘들어도 함께할 사람이 없으니
주변에 사람이 많아도 늘 외롭습니다.

자기만 사랑하는 마음은
이해와 배려 그리고 사랑을 많이 받고 싶어 합니다.
베풀지 않아서 받을 게 없으니
자신이 세상에서 가장 불쌍한 사람이라고 느낍니다.

자기만 사랑하는 마음은
시야가 좁아 타인은 보지 못하고 자기만 바라봅니다.
자기 안의 욕망, 집착, 시기심, 분노 등등 괴로움만 보이니
세상이 고통스럽기만 합니다.

열심히 살아도 허전한 마음

중년의 한 남자가 말합니다.
"단풍의 아름다움을 느끼는 순간
'또 이 해도 가는구나!'라고 생각하니
아름다운 것을 보고도 기쁘기보다는 서글퍼집니다."

"앞만 보면서 정말 열심히 살았습니다.
3년 벌어서 전세금 만들고
10년 벌어서 작지만 집을 사고 열심히 살았는데
머리에서는 흰 머리카락이 보이고
왜 이렇게 허전하죠?"

열심히 살았음에도 허전해하는 마음,
분위기에 휩쓸리며 우울해하는 마음,
이런 마음으로 행복한 삶이 가능한 걸까요?
아니 행복할 수는 있는 걸까요?
어떻게 살아야 행복한 걸까요?

이래도 싫고, 저래도 싫고

마음은
부자면 돈을 어떻게 관리할까 걱정이고
가난하면 돈이 부족해서 걱정입니다.
자식이 있어서 걱정이고 없어도 걱정입니다.
자식이 공부를 잘하면 '계속 잘 할까?' 걱정이고
못해도 걱정입니다.
자식이 결혼을 해도 걱정이고 못해도 걱정입니다.
배가 고파도 걱정이고 배가 불러도 걱정입니다.
좋아하는 음식을 못 먹으면 먹고 싶어서 안달을 하고
계속 먹으면 질려서 싫어합니다.
입맛이 있으면 살이 찔까 걱정이고
입맛이 없으면 기력이 떨어질까 걱정입니다.
체중이 많이 나가면 뚱뚱해서 싫고
적게 나가면 허약해 보여서 싫습니다.
직장을 다니면 집에서 쉬는 사람들이 부럽고
직업 없이 놀면 직장에 다니는 사람들이 부럽기만 합니다.
여름이면 시원한 겨울이 그립고
겨울이면 따뜻한 여름이 그립습니다.
마음은 아무리 좋아하는 것이라 하더라도

계속되는 것은 못 견뎌합니다.
바쁘면 바빠서 싫어하고 한가하면 지루해서 싫습니다.
마음은 아프고 고통스러워도 못 견뎌하지만
행복한 순간조차도 계속되면
그 행복에 온전히 집중하지 못합니다.
이렇듯 마음은 이래도 싫고 저래도 싫고
이래도 걱정 저래도 걱정입니다.

어디에 있든 고통스럽다

가을비가 내리고 있습니다.
오늘은 거실 청소를 하기로 한 날입니다.
그런데, 순간 귀찮다는 느낌이 느껴지자
마음은
'비도 오는데 청소하면 더 눅눅해지니까, 화창한 날 하자.'
라고 중얼거리네요.
그리고 연이어 '청소는 너무 자주 할 필요 없어.'
'집안을 더럽히는 아이도 없는데….'
'회사 다닐 때는 일주일에 한 번도 잘 하는 것이었어.'라고
청소를 하지 않아도 되는 이유들을 계속해서 중얼거립니다.

누군가에게 서운함이 느껴지는 날은
마음은 상대를 비난할 꺼리들을 찾아내기 시작하면서
온갖 이야기로 중얼거리고,
반대로 창피하다는 느낌이 느껴지는 날은
상대는 관심도 없는 이야기를 주절이 주절이 늘어놓으며
만회를 하려고 합니다.
잘못했다는 생각이 들 때 역시도 온갖 이야기로 변명을 합니다.
그리고 뭔가 좋은 일을 하면 칭찬을 듣고 싶어서
공연히 상대에게 귀를 기울이기도 합니다.
오늘은 자주 만나는 사람이
제가 이야기를 하는데도 못 들은 척하며
자기 이야기를 계속해서 늘어놓습니다.
순간 무시를 당한 것 같아 기분이 나빠집니다.
그러자 마음은 전에도 그 사람으로 인해서 기분이 나빴던
이런저런 이야깃거리들을 기억해 냅니다.
기분이 점점 더 나빠집니다.

이렇듯 마음은 슬픔이 느껴지면
슬픈 또 다른 이야기들을 기억해 내며 중얼거리고
화가 나면 화가 더 날 수밖에 없는 이야기들을
기억하며 중얼거립니다.

그리고 사랑의 느낌이 느껴지면

사랑할 수밖에 없는 더 많은 이유들을 기억하며

계속해서 중얼거립니다.

'맞고 틀리고'에 관계없이 그저 되는 대로 필요에 따라서

혹은 상황에 따라서 아무런 의미 없이

기억 속의 내용물들을 되새김질하며 중얼거립니다.

아파하는 순간에도 이런 중얼거림은 멈추지 않습니다.

이렇게 늘 중얼거리며 말을 하고 싶어 하는 것이

마음이 존재하는 방식이며 마음이 작용하는 본래의 모습입니다.

뿐만 아니라 마음은 행복을 원하면서도 고통을 즐기기도 합니다.

그래서 쉬지 않고 과거와 미래를 넘나들며

행복이나 고통거리들을 찾아다닙니다.

미움, 시기, 두려움, 원망, 걱정, 외로움 등등 끝없이 말입니다.

이유는 마음은 아무것도 하지 않는 지금 이 순간을

못 견뎌 하기 때문입니다.

그리고 마음은 때로는 아군이기도 하지만

때로는 적군이기도 합니다.

편집증과 과대망상증, 피해망상증. 공황장애, 트라우마처럼

스스로를 아프게 하기도 하니 말입니다.

그러니 마음으로 산다는 것이 고통일 수밖에요.

지금 이 순간 '나'는 행복한가?

어떤 사람들은
아름다운 외모를 꿈꾸며
새로운 디자인과 새로운 유행을 찾아다닙니다.
외모에 초점을 맞추어 살다 보니
자신의 만족보다는 남들이 어떻게 볼까? 염려하며
자신 없어 하기도 합니다.
실속보다는 보이는 삶을 중요하게 생각합니다.
자신의 꿈은 잃어버린 채
무엇인가에 이끌리듯 살아갑니다.

어떤 사람들은
자녀의 성공을 위해서 조기 교육이 중요하다며
아이가 초등학교에 들어가기 전부터
영어를 가르치고 수학을 가르칩니다.
중, 고등학생이 되면 일류 대학에 보내기 위해서
학교 수업이 끝나고 늦은 밤까지 학원 수업을 시킵니다.
그래서 학생들은 영어 문제도 풀고 수학 문제도 풀고
이런 유형의 문제도, 저런 유형의 문제도 풀어봅니다.
그런데 지금 행복해지기 위한 문제는 풀지 않습니다.

어떤 사람들은

거울을 볼 때면 다이어트를 결심합니다.

그러나 좋아하는 음식이 생각나면

그 결심은 잊은 채로 홀리듯이, 이끌리듯이

단 음식, 기름진 음식을 먹어버립니다.

그리고는 다시 거울을 볼 때면 후회하면서

또 다시 다이어트를 결심합니다.

이렇게 1년, 2년, 3년… 많은 시간 계속해서

결심하고 후회하며, 결심과 후회를 반복합니다.

누군가 강제로 먹여서가 아니라

스스로 먹으면서 고통스러워합니다.

어떤 사람들은

뭐니뭐니 해도 돈이 최고라고 말을 합니다.

돈이 삶의 이유가 되고 최애가 됩니다.

돈만을 추구하다 보니

따뜻하게 정을 나눌 사람이 없어 외롭고

한가함이 지루하고 고요함이 불편하기만 합니다.

그렇게 돈에 휘둘리며 돈의 노예로 살아가면서도

행복을 만들어가고 있는 중이라고 주장을 합니다.

마음은 공허한데도 자신은 행복한 사람이라고

허세를 부리며 자신을 과시합니다.

어떤 사람들은

'인생 별 거 있어?' 하면서

먹고 싶은 거 먹고, 하고 싶은 거 하고,

가고 싶은 데 가고, 보고 싶은 사람 보고 사는 거,

그게 인생이라고 말을 합니다.

인생은 즐겨야 한다면서도

감정에 휘둘리고 욕망에 휘둘립니다.

뭔가를 잃어버린 사람처럼 방황을 합니다.

누구의 의지로 살아왔는지도 모른 채

자신이 불행한 이유는 다른 사람 때문이라고 합니다.

왜 사는지도 모르는 채

하루하루를 그냥 그렇게 살아갑니다.

어떤 사람들은

인생은 즐기는 것이 중요하다고 합니다.

그러면서 허기진 마음을 채우기 위해서

세상을 방황하며 술에 취하는 사람들,

오락과 마약, 그리고 도박을 하는 사람들,

목숨을 걸고 도로 위에서 고독을 질주하는 사람들,

탐욕과 욕망에 휘둘리며 스스로를 절제하지 못하면서도
행복이란 자기가 좋아하는 것을 하는 것이라고 말을 합니다.

어느 날 경복궁역을 나오는데
중고등 학생쯤으로 되어 보이는 남학생이 지팡이를 짚고서
장님은 지하철을 어떻게 이용하는지에 대하여
선생님에게 교육을 받고 있었습니다.
순간, 그의 아픔이 느껴지면서
갑자기 다가온 장애인으로서의 삶을
받아들이는 과정이 얼마나 고통스러웠을까를 생각하니
눈물이 절로 흘러내렸습니다.
그에게는 어떤 일이 있었던 걸일까요?

이렇듯 생각지 못했던 아픔이 다가온다면
우린 어떤 생각을 하게 될까요?
아니 어느 날 갑자기 죽음이 다가온다면……?
이제 멈추고 자문의 시간을 가져보십시오.

'지금 이 순간 나는 행복한가?'

'나는 옳다'라는 늪에 빠져서

우리 집 욕실에는 양치질을 하고 난 후에
칫솔을 넣어두는 유리컵이 있습니다.
간혹 컵 안을 들여다보면, 적은 양이지만 물이 고여 있곤 합니다.
어느 날, 이 물을 자세히 살펴보니
조금은 썩은 듯한 물입니다.
그래서 컵을 주방으로 가져와서 깨끗이 씻어서 사용하는데
왠지 그 컵으로는 물을 마시고 싶지 않습니다.
분명 깨끗이 씻은 컵이지만 사용하고 싶지 않습니다.
고인 물은 썩는다는 논리처럼, 어쩔 수 없다는 생각을 하면서도
그 컵이 싫다는 느낌은 여전합니다.

이렇듯 단 한 번의 더럽다는 느낌은
싫은 마음으로 다가와
마음속에 깊이 새겨져 또렷한 기억이 됩니다.
이로 인해 불편하고 싫어서 잊으려 해도 잊혀지지 않습니다.
왜냐하면 또렷한 기억은 또렷한 모습으로 다가와
다시 그 감정에 매몰시키기 때문입니다.
그래서 마음이 주변에, 세상에, 그리고 사람들에게
어떤 식으로든 느낌이나 의미를 부여하면

그 인식으로부터 자유로워지는 것은 쉽지 않습니다.

분명 깨끗해지고 변화(성장)하였음에도

그 변화를 받아들이는 것이 어렵습니다.

왜냐하면 그 변화 위에 또렷한 기억이

'더럽다'는 느낌(혹은 감정)을 계속해서 덧씌우기 때문입니다.

사람들은 이런 방식으로 평생을 살아가면서

'좋음, 싫음'이나 '옳음, 그름'이라는

이런저런 또렷한 기억들이 쌓이고 쌓여 형성된 자기만의 기준

혹은 마음의 습(고정관념)에 따라서 살다 보니

어느 사이 자신도 모르게 그 습에 갇혀

모르는 것은 모르는 채로

자신이 아는 것을 전부로 하여 옳고 그름을 판단하면서

주변 사람들과는 불화로 고통에 몸부림치면서도

이해하지도

사랑하지도 못하고

죽음의 순간까지도 고통스러워하다가

스스로는 어쩌지 못한 채로

'나는 옳다(고정관념)'라는 늪에 빠져 아파하면서

그렇게 살다가 눈을 감습니다.

2장

분노로부터 자유

분노는 향기가 되어

세상에 그 누구도 고통을 원하지 않습니다.
또한 사랑하는 사람들에게
고통을 주기 원하는 사람도 없습니다.
그럼에도 고통을 주기도, 고통을 받기도 합니다.
같은 맛도 싫어하는 맛은 더 깊게 느껴지듯이
같은 소리도 상처 받은 소리는 더 뼈아프게 들립니다.
그래서 마음에 아픔이 있는 사람은
같은 곳에서 같은 사람들과 함께 살면서도
삶을 더 뼈아프게 더 고통스럽게 경험합니다.
마음의 아픔은 본인도 고통스럽지만
견딜 수 없고, 더 이상 인내할 수 없어서 감내하지 못한 고통은
분노라는 에너지로 주변으로 분출되어
다른 사람들을 아프게 합니다.
마치 꽃이 주변을 향기로 물을 들이듯이
분노는 감추려 해도 감추어지지 않는 향기가 되어

주변을 고통스러움으로 물들입니다.

분노의 원인

사람들은 자신을 방어하기 위해서, 이해관계 때문에,
혹은 무시를 당하는 것 같아서, 대접 받기 위해서,
원하는 대로 되지 않아서, 기분이 나빠서 등등
여러 가지 이유로 '화(火)'를 내면서
'사람은 감정의 동물'이라며
'화'내는 것을 당연하다는 듯이 말합니다.
그러나 같은 상황에서 이해하고 배려하며
화를 내지 않는 사람들이 있습니다.

분노(火)의 원인은 고통의 기억입니다.
다시 말해 분노는 약자로서 당한 억울함에 대한 반응입니다.
그래서 가슴이 사무치도록 아팠던 고통의 기억,
잊을래야 잊을 수 없는 고통의 기억입니다.
때문에 억울함이 크면 클수록
마음의 아픔이 강하면 강할수록 분노도 강합니다.

출산의 고통 역시도 견딜 수 없을 만큼 아픕니다.

다시는 겪고 싶지 않은 고통이지만

그럼에도 여자들은 시간이 흐르면 또 다시 아이를 낳습니다.

물론 이유는 여러 가지가 있지만 그중에 하나는

고통이 시간이라는 흐름 속에서 희석되기 때문입니다.

그러나 고통에 억울함이나 부당함이라는 아픔의 감정이 스며들면

아무리 많은 시간이 흘러도

평생을 살아가면서 잊지 못하는 고통의 기억이 됩니다.

다시 말해 고통에 어떤 감정이 녹아 있느냐에 따라서

쉽게 잃어버릴 수도 있지만

평생 잊지 못하는 기억이 되기도 됩니다.

그래서 가슴이 사무치도록 아프게 한 사람이나 상황들은

평생을 살아가면서도 잊지 못하는 고통의 기억이 됩니다.

때문에 언제든 그 고통을 잠시 기억하는 것만으로도

그 상황은 생생히 기억하게 되고, 분노도 함께 일어납니다.

분노가 만들어지는 과정

몸에서 분노가 만들어지는 과정은

소리가 귀에 닿거나 어떤 느낌이 느껴지면

마음이 그 소리나 느낌을

좋아하고 싫어하는 판단을 하는 과정에서

과거 고통의 기억과 일치하는 것이 있다고 느껴지는 순간

뇌는 분노 호르몬을 만들어 냅니다.

자신을 고통스럽게 한 사람이나 상황에서 느꼈던

고통스러웠던 느낌들이 생각나는 순간

마음은 그것을 고통으로 간주하며 작은 자극에도 슬며시

뇌는 분노호르몬을 만들어 냅니다.

그래서 자신을 고통스럽게 한 사람의 팔에 흉터 자국이 있었다면

처음 만나는 사람임에도 불구하고 팔에 흉터가 보이면

공연히 그 사람이 싫어지고 작은 자극에도

뇌는 두려움과 분노 호르몬을 만들어 냅니다.

분노는 풍선과 같다

분노는 풍선과 같습니다.

마치 풍선에 바람이 계속해서 모이고 모이면 결국 터지듯이

분노도 계속해서 쌓이고 쌓이면

풍선처럼 터지는 속성이 있습니다.

분노는 처음 여러 번은 참을 수 있습니다.

그러나 해소되지 않은 분노가 계속해서 쌓이면
부글부글 끓어오르는 냄비의 뚜껑을 덮어 놓을 수 없는 것처럼
분노하는 마음도 계속해서 참아 내기 어렵습니다.
결국 한계에 도달하게 되면
풍선처럼 폭발이라는 과정을 거칠 수밖에 없습니다.
그러면 이후부터는 작은 자극에도 폭발을 하게 됩니다.
멈추려 해도 멈출 수 없어서 계속해서 폭발을 합니다.
그래서 일상에서 자주 화를 낸다는 것은
그만큼 마음속에 해소되지 않은 분노가 쌓여 있다는 뜻입니다.
어떻게든 분노의 원인인 고통의 기억을 치유하지 않는다면
시간이 지나면서는 화를 내는 횟수도 점점 더 많아지지만
더 강하게 분노를 표출함으로써
몸에서는 각종 질병들을 경험하게 됩니다.

큰소리치는 이유

분노를 표출하는 방식은 크게 두 가지입니다.
성향이 외향적인 사람은 분노를
기회가 될 때마다 크게든 작게든
그 즉시 밖으로 쏟아 내며 계속해서 폭발을 합니다.

그러나 내향적인 사람은 분노를 밖으로 표출하기도 하지만
가슴에서 삭이는 경우가 더 많습니다.
어쨌든 해소되지 않은 분노가 가슴에 쌓이면
시간이 지날수록 분노를 잠재울 수 없음으로 인해서
더 자주 그리고 더 강하게 폭발을 하게 되는데
이유는 가슴이 답답하기 때문입니다.
다시 말해 가슴의 전중이라는 혈 자리(한의학)가
분노로 인해서 막혀 있기 때문입니다.
그래서 더 이상 인내할 수 없어서, 더 이상 기다릴 수 없어서
성격이 급할 수밖에 없고 큰소리를 칠 수밖에 없습니다.
이로 인해서 날이 갈수록 이해와 배려보다는
'큰소리치는 놈이 이긴다'며 언쟁을 하게 되고
다툼과 분쟁을 계속할 수밖에 없습니다.

사람들은 자신만의 에너지를 발산한다

꽃들이 나름대로 자기만의 향기를 발산하듯이
사람들도 누구나 자신만의 에너지를 발산합니다.
사랑과 평화로움의 에너지를 발산하는 사람들이 있는가 하면
반대로 두려움이나 분노와 같은 에너지를

발산하는 사람들도 있습니다.

명상을 하다 보니 분노라는 것이 보인다고 해야 할까요?

느껴진다고 해야 할까요?

상대방에게서 분노가 안개처럼 서려 있음이 느껴집니다.

분노가 강할수록 안개의 농도가 진한 구름처럼 느껴지고

분노는 마음자리인 가슴 한가운데(전중)에 쌓여 있습니다.

그리고 분포도 역시 넓습니다.

이럴 때는 맛으로도 느껴지는데

맛은 싸하면서도 독한 매운 연기 같은 것으로 느껴집니다.

이로 인해 곁에서 호흡하기가 힘들 정도인 경우도 있습니다.

실제로 여러 사람들을 만나다 보면

그중 몇몇 사람들은 분노 에너지를 가득 품고 있습니다.

이런 사람인 경우, 안타깝지만

대부분은 육체적인 아픔을 겪고 있었습니다.

분노하는 사람은 마음이 많이 아픈 사람입니다.

그런데 분노는 혼자만의 몫이 아닙니다.

분노는 약자에게 전달되는 속성으로 인해서

주변에 있는 어리거나 약한 사람들이 피해자가 됩니다.

이사를 하기 위해서 여러 곳을 방문한 적이 있습니다.

흔치 않지만 어떤 집은 불안함의 에너지가 가득하고

또 어떤 집은 분노와 같은 부정성의 에너지가

밖으로 흘러나오고 있었습니다.

어느 동네를 가보면

한쪽은 평화로운 긍정성의 에너지가 감돌고

다른 한쪽은 분노 같은 부정성의 에너지가 감돌고 있었습니다.

이렇게 분노와 같은 부정성의 에너지가 가득한 곳에 머물거나

본인이 분노의 상태가 지속되면,

몸은 빠르게 지치고 이로 인해서 쉽게 질병에 노출됩니다.

뿐만 아니라 질병으로부터의 회복 속도 역시

늦을 수밖에 없습니다.

그러면 기분까지도 더 우울하겠지요.

분노에 부정성이 결합되면 사회가 병든다

잘못이라고 생각되는 것을 행동하는 사람이 있을까요?!

그럼에도 다른 사람들을 불편하게 하거나

괴롭히는 사람들이 있습니다.

왜 그러는 걸까요?

분노의 특성으로 가슴이 답답하다는 것은

더 이상 참을 수 없다는 뜻이고

스스로를 통제하기 어렵다는 뜻이기도 합니다.

때문에 작은 자극이나 불편함에도 인내심을 발휘하거나

상대방을 배려하기가 매우 어렵습니다.

그래서 다른 사람들을 비난하거나

괴롭히는 등의 다툼으로 분노를 발산하기도 합니다.

뿐만 아니라 식당에서조차도

'기다림'을 견딜 수 없어서 '빨리 빨리'를 외치게 되고

'큰소리쳐야 알아준다'며 큰소리를 치기도 합니다.

그래서인지 공공기관에 전화를 하면

고객과의 통화를 녹음하며 법으로 상담사를 보호하고

따뜻하게 대화를 나누어줄 것을 호소하고 있습니다.

그리고 버스에 기사님을 보호하는 장치가

설치된 지는 이미 오래입니다.

때때로 뉴스에 보도되는 이야기 중

사소한 일로 살인까지 했다는 소식을 접하는 경우가 있습니다.

이유는 분노 지수가 이미 포화상태이기 때문입니다.

또는 흔치 않지만,

지금 자신을 불편하게 하는 사람이

과거 자신을 고통스럽게 했던 상황을 기억나게 함으로써

지금의 불편에 과거의 고통이 더해지면서
스스로를 통제할 수 없었기 때문이기도 합니다.
그리고 분노가 심할 경우, 여기에 부정성까지 결합되면
받은 것은 돌려주는 것이 당연하다는 논리를 주장하며
죄책감도 없이 받은 고통을 폭력이나 살인으로 되갚기도 합니다.
뿐만 아니라 부정성이 매우 심한 경우
타인의 고통을 위안으로 삼거나 쾌락으로 생각하며
묻지마 식의 폭행이나 이유 없는 살인 같은
행동을 할 수도 있습니다.

작은 것에서 대형 사고에 이르기까지
파괴적인 행위나 폭력적인 행위 뒤에는,
분노하는 마음이 있습니다.
다시 말해 파괴적인 행위나
폭력적인 행위 같은 원인도 분노입니다.
이렇게 분노는 삶의 질을 떨어뜨리는 것은 물론
주변 사람들을 아프게 하며 자신을 병들게 하고
자신이 거주하는 집까지도 고통으로 물들이며
서로가 서로를 경계할 수밖에 없는 두려운 사회,
황폐한 사회를 만들어 버립니다.
더 나아가 나라 전체를 병들게 합니다.

분노는 육체의 아픔과는 비교할 수도 없을 정도로
더 큰 고통을 만들어 내며, 본인뿐만 아니라
다른 사람들의 삶까지도 파괴합니다.
이렇듯 분노가 이 사회에 끼치는 영향은 실로 막대합니다.

한국 사람들이 성격이 급한 이유

오래 전, 유럽 여행을 다녀온 적이 있습니다.
관광버스로 파리의 여러 곳을 다니고 있었고
다른 곳으로 이동하기 위해서 관광버스에 탑승하고 있는데
버스기사님 하시는 말씀이
"빨리 빨리."
제 귀를 의심했습니다.
'이 사람이 어떻게 이런 한국말을…'
하고 그 기사님을 바라보자, 그 기사님은 웃으며 다시
"빨리 빨리."라고 말을 하는 것이었습니다.
만약 그 기사님이 '어서 오세요'나 '환영합니다'라는
한국말을 했다면 이렇게 놀라지는 않았을 것입니다.
한국 사람들에게 들어서 배웠을
'빨리 빨리'는 더 이상 기다릴 수 없다는

그래서 여유롭지 못하다는 분노의 특성 중 하나이기 때문입니다.

한국 사람들은 왜 여행을 가서조차도 '빨리 빨리'를 외치며

여유롭지 못한 걸까요?

혹시 '새벽에 암탉이 울면 집안이 망한다.'

혹은 '여자 목소리가 담장을 넘어가면 안 된다.'

라는 말을 들어본 적이 있나요?

아니면 '여자는 시집가면 남이다.'

'그 집에 뼈를 묻어라.'라는 말을 들어본 적이 있나요?

조선시대에 여자들에게

유순과 복종만이 미덕이라며 강요했던 말입니다.

지금의 젊은 여성들은

'이거 무슨 개소리 하는 거야.'라고 말하겠지만

저는 조선시대가 아님에도 불구하고 가끔은 들었던 소리입니다.

조선시대에 여자들에게 강요된 복종은 삼종지도라고 해서

출가하기 전에는 아버님의 명령을 좇고

결혼을 해서는 남편의 말을 좇고

남편이 죽은 뒤에는 아들의 말을 들어야 했습니다.

그리고 시집을 가서는 귀머거리로 3년, 벙어리로 3년,

장님으로 3년, 석삼년을 남의 말을 듣고도 못 들은 체하고

하고 싶은 말이 있어도 하지 말아야 하며

보아도 못 본 체해야만 했습니다.

그리고 칠거지악으로 자식을 낳지 못하거나

질투를 하면 시댁에서 쫓겨났습니다.

뿐만 아니라 나쁜 병이 있거나 말을 많이 해도 쫓겨났습니다.

그래서 아무리 서럽고 서러워도, 억울하고 억울해도

가슴에 묻어 두어야만 했습니다.

다시 말해 뼈와 살이 녹아내리는 마음의 고통을 겪으면서도

감내해야만 했습니다.

그렇다면 이렇게 가슴이 사무치도록 아픈 그 고통은

어떻게 해야 하는 걸까요?

실로 놀랍지 않나요?

조선시대의 어머니들은 이렇게 살았습니다.

이렇게 순종을 강요한 문화는

결국 한恨의 문화를 만들어 냈습니다.

또한 '남자는 세 번만 울어야 한다.'며

남자들 역시도 감정을 표출하지 못한 채로 살아야만 했습니다.

이 외에도 한국은 지형적으로 강대국들 사이에서 살아왔습니다.

오래 전부터 청나라, 몽골, 거란 등 대륙으로부터 침략을 당했고

일본의 국권 침탈로 36년이라는 긴 시간 동안

약탈을 당하며 살았습니다.

이런 과정에서 한국민이 정신적으로나 육체적으로 겪은 고통을
어찌 글로 표현할 수 있을까요?

그렇다면 세상에 그 누가
가슴에 맺힌 아픔으로 고통스러운 상황 속에서도
미소 지으며 평안하고 여유로울 수 있을까요?

분노는 대를 이어 계속해서 전해진다

사실 행복할 때는
주변 사람들이 잘못을 해도 이해할 수 있습니다.
자녀들에게는 물론 주변 사람들에게도 너그럽기만 합니다.
그러나 기분이 나쁘면 작은 잘못에도 화가 납니다.
뿐만 아니라 미워 보이기까지 합니다.
그런데 늘 함께하는 어머니와 아버지가 여유롭지 못한 사람이라면
그래서 분노가 많은 사람이라면
실수나 잘못을 자주 할 수밖에 없는 어린 아이들에게
이해로, 평안함으로 다가갈 수 있을까요?
밥을 주고, 재워주고 그리고 옷을 갈아 입혀주는 과정들을
즐겁고 편안한 마음으로 함께 할 수 있을까요?

사람들은 옳고 그름을 떠나서, 즐거움이든 괴로움이든
늘 자기 안의 감정을 발산합니다.
가지고 있는 것이 분노라서
가슴에 맺힌 어머니와 아버지의 분노(상처)는
결국 향기가 되어 아들들에게 딸들에게
계속해서 전해질 수밖에 없습니다.
이런 방식으로 분노는 대를 이어 다음 세대
그리고 그 다음 세대로 계속해서 전해져 갈 것입니다.
마치 재산을 자식들에게 대물림하듯이
분노 역시도 자식들에게 대물림됩니다.

분노로부터 자유로워지는 방법

방법은 간단합니다.
분노하는 마음을 계속해서 지켜보면서 알아차리다가
'알아차림의 저력'이 형성되면
분노로부터 자유로워질 수 있습니다.
그런데 분노하는 마음을 알아차리는 것이 쉽지 않습니다.
그래서 개인적으로는 이를 해결하는 방법으로
'분노'나 분노로부터 벗어날 수 있는 글귀를 메모지에 써서 자주 바라보는 공간에 붙여 놓았습니다.
그리고 계속해서 분노가 일어나는 대로
'분노'를 지켜보면서 알아차렸습니다.

누구나 처음에는 새로운 습관을 들이는 과정이 어렵습니다.
그런데 우리들은 일상에서 습관적으로 하는 것들이 많습니다.
하나의 행위를 계속해서 반복하다 보면
자연스럽게 습관이 되는 것처럼
분노 역시도 계속해서 지켜보면서 알아차리면
알아차림은 자연스럽게 습관이 됩니다.
꾸준히 노력하면, 그래서 포기하지 않는다면
성공확률은 100%입니다.
어쨌든 점점 더 잘해지기 때문입니다.
그러면 분노뿐 아니라 걱정이나 두려움 같은
마음의 고통으로부터도 자유로워질 수 있습니다.

분노는 분노하지 않는 것을 연습할 기회

다른 모든 상황들은 이해할 수 있지만
아픔의 기억이 되살아나는 상황에서는 쉽게 분노할 수 있습니다.

이럴 경우 잘 잘못은 의미가 없습니다.

문제는 분노하는 자신입니다.

왜냐하면 계속되는 분노는 결국 자신을 파괴하며

불행이라는 무덤 속으로 스스로를 빠져들게 하기 때문입니다.

어쨌든 분노는 '그것이나 그 상황이 싫다'는 의미이며

그래서 거부한다는 뜻입니다.

그러나 계속되는 거부나 저항은

또 다른 고통을 더하는 방법일 뿐입니다.

그래서 싫어하는 상황을 판단 없이

'나는 이런 상황에서 분노하는구나!' 하며

분노하는 그 마음을 알아차리는 것이 좋습니다.

그 어떠한 상황에서도 결코 '분노하지 않겠다'고 다짐을 하며

'분노할 상황'을 도리어

분노하지 않는 것을 연습할 기회로 이용하면서

분노를 알아차리는 것이 좋습니다.

주변 사람들의 실수나 잘못으로 화가 난다면

그를 개선하기 위한 조치는 취할 수 있지만

화를 내면서 상대방에게 접근하는 것은 현명하지 않습니다.

분노는 상대가 아니라 자신과의 문제입니다.

왜냐하면 분노는 이미 마음속에 잠재되어 있는

화의 표출이기 때문입니다.

분노하는 이유를 자신이 아니라

밖에서 찾으려 한다면 분노의 끝은 없습니다.

마음은 어떻게든 상대를 비난할 이유를 찾아내기 때문입니다.

뿐만 아니라 세상의 모든 사람들을

자신이 원하는 방식으로 살게 할 수는 없습니다.

책상에 부딪쳐 아프다고 책상에게 화를 낼 수는 없는 것처럼

분노가 일어난다면 상대가 아니라

마음에서 일어난 분노, 그 자체를 알아차려야 합니다.

아니면 분노는 계속해서 되풀이될 것입니다.

또 다른 노력의 방법들

만약 분노가 일어난다면

'이것이 분노할 일인가?'를 점검해 볼 필요가 있습니다.

왜냐하면, 같은 것을 보고 어떤 사람은 분노하지만

또 다른 어떤 사람들은 분노하지 않기 때문입니다.

이유는 스스로는 의식을 하지 못하지만

마음의 상처가 건드려졌거나

아니면, 자기만의 잣대로 판단을 하기 때문입니다.

설령 상대방이 잘못을 했더라도
그 누구도 완벽하지 않음을 기억하면서
'나도 잘못한다'를 되새김질 하는 것이 좋습니다.
또한 심리학 쪽이나 뇌에 관련된 책들과 같이
마음에 대해 다룬 책들을 읽어보는 것도 좋습니다.

분노가 보이다

회사에서 팀장으로 일하고 있을 때의 일입니다.
다른 팀에서 진행하고 있는 일이
우리 팀에는 좀 불리한 일이었는데
그 일에 협조해 달라는 요청을 해 왔습니다.
어이가 없었습니다.
규명하러 그 팀으로 가는 도중에
분노가 일어나는 순간
그 분노가 일어남이 알아차려졌습니다.
마음이 머리에 집중이 되면서
열을 동반한 싸한 느낌이 일어났습니다.
순간 '분노'는 사라졌습니다.
신기했습니다.

생애 최초로 '분노'를 화내지 않고 만난 것입니다.
분노가 일어나는 순간을 지켜보는 자로서 바라보자
'분노'가 사라졌습니다.
이것은 큰 감동이었습니다.
기적이었습니다.

분노는 빨리 알아차릴수록 빨리 사라져 갑니다.
그러나 마음이 분노를 만들어 내는 순간을 알아차리지 못하면
공장에서 물건을 생산해 내듯이
뇌는 계속해서 분노 호르몬을 만들어 냅니다.
어느 학자는
뇌가 분노를 만들기 시작하면서부터 15초정도 되면
정점을 찍고 분해되기 시작하여 15분이 지나면
분노는 거의 사라져 간다고 말합니다.
그러나 뇌에서 분노가 일어나는 순간을 알아차리면
뇌는 더 이상의 분노를 만들어 내지 못하는 것은 물론
일어났던 분노도 바로 사라져 갑니다.
다시 말해 스스로를 통제할 수 있는 상태가 됩니다.

실제로 어떤 사람의 몸에서
분노가 일어나는 순간을 목격한 적이 있습니다.

분노가 출렁이며 물병에 물이 차오르듯
몸 전체를 순간적으로 채웠습니다.
이것은 '분노가 몸과 마음을 강하게 지배하고 있다'는 뜻으로
분노에게 점령당했다는 말입니다.
그러나 계속해서 분노의 크기, 분노가 표현되는 방식 등등을
지켜보면서 알아차리면
분노의 위력은 점점 작아지고, 약해지면서 서서히 줄어들어,
콩알만큼 작아져서 물방울처럼 보르르 일어났다가
저 스스로 사라져 갑니다.

지금의 분노 해소

지금 분노나 스트레스에 휩싸여 있다면
마음이 더 이상 분노에 집중하지 못하도록
나름대로의 방식을 만들어 놓는 것이 좋습니다.
예를 들어 술을 마시거나
접시를 깨는 것보다는 평화로운 방식으로요.
가장 쉽게 할 수 있는 방법은 걷기 명상입니다.
걸음의 속도는 자연스럽게 하면서
왼발이 움직일 때는 '왼발' 하고 명칭을 붙이며

왼발이 움직이는 과정을 알아차리고,

오른발이 움직일 때는 '오른발' 하고 명칭을 붙이며

오른발이 움직이는 과정을 알아차리면서 걷는 명상입니다.

또 다른 방법은 발걸음마다 '감사' 하고 명칭을 붙이며

발걸음이 움직이는 과정을

알아차리면서 걷는 것도 좋습니다.

물론 분노의 상태에서 '감사'라는 단어를

사용하는 것이 어려울 수 있지만

그러나 즐거운 날도 있음을 기억하면서

분노라는 감정으로부터 벗어나기 위해서

그리고 마음이 더 이상 분노에 집중하지 못하도록

'감사' 하고 명칭을 붙이며 발의 느낌에 집중하는 것도 좋습니다.

이렇게 20분 정도 계속해서 걷다 보면

편안해져 가는 자신을 발견하게 될 것입니다.

아니면 마음껏 달리기를 하는 것도 좋습니다.

이를 위해서 일상에서 걸을 때는

가능한 발걸음을 알아차리면서 걷는 것이 좋습니다.

스트레스나 분노는 만병의 원인

스트레스가 많거나 화(분노)를 자주 내는 사람들은

가슴이 답답하다고 합니다.

이유는 앞서 언급했듯이

스트레스나 분노라는 에너지로 인해서

가슴에 있는 전중혈이 막혀 있기 때문입니다.

이것이 계속될 경우 결국 육체는

견디기 힘든 질병들을 경험하게 됩니다.

실제로 암뿐만 아니라 많은 질병의 원인은 스트레스나 분노입니다.

다시 말해 스트레스나 분노는 만병의 원인입니다.

처음 분노나 스트레스 상태가 지속되면

일차적으로 어깨의 견정혈(족소양 담경)이 막히고

이것이 계속되면 다음은 뒤통수 중앙 밑에 있는 독맥의 풍부혈과

그리고 이 혈자리 양쪽 옆에 경사지면서 두개골이 시작하는

살짝 들어간 풍지혈이나 완골혈 등등이 막힙니다.

그리고 분노나 스트레스 상황이 지속되면

결국 인맥의 전중혈도 함께 막혀 갑니다.

전중은 양 가슴의 젖꼭지와 젖꼭지 사이 중간에 있습니다.

이곳이 바로 계속해서 화를 내거나 스트레스를 받으면

가슴이 답답하고 아픈 마음자리입니다.

이것은 누구나 진단이 가능한데

가슴의 전중을 손가락으로 눌러보아서

통증을 느낀다면 전중이 막힌 것입니다.

많이 아프면 아플수록 많이 막힌 것입니다.

이는 스트레스나 분노로 인하여

혈자리가 막히면서 나타나는 현상입니다.

그러면 상기증상(상기현상)이 발현되는데

이유는 스트레스나 분노로 인해서

기氣가 순환되지 못하고 있기 때문입니다.

그러면 1차로 두통이나 소화불량 등과 같은

여러 가지 증상들과 함께

가슴이 답답한 증상이 나타날 수 있습니다.

약을 먹어도 침을 맞아도 그때뿐입니다.

이제 이것을 시작점으로 하여

체질적으로 취약한 부분으로 통증이 발현되어 갑니다.

그리고 불안, 우울증과 같은 정신과 질환이 올 수도 있습니다.

저는 소화가 안 되는 것은 물론

몸에서 물이 빠지듯이 힘이 쭉 빠져 나갔습니다.

사람들은 이런 것을 화병(혹은 상기증상)이라고도 하는데

이럴 경우 자연 치유력도 무용지물입니다.

뿐만 아니라 현대의학으로도 치유가 어렵습니다.

상기증상 해결하는 방법

치유에서 중요한 것은 머리나 가슴 쪽에 정체되어 있는
기氣 에너지의 순환입니다.
먼저 자리에 편안하게 누워서
눈을 감고 양발의 엄지발가락 쪽을 부딪치는
발치기 운동을 합니다.
팔은 편안하게 내려놓고 발치기는 양 다리를 부딪친다는 느낌으로
조금은 힘차게 하는 것이 좋습니다.
잘 하고 있다면, 먼저 열감이
손으로 얼굴로 전해져 가는 것을 느낄 수 있을 것입니다.
이것은 혈액 순환이 잘 되고 있다는 뜻입니다.
계속 발치기를 잘하고 있다면
손이나 팔, 얼굴에서 단단함, 뻣뻣함, 얼얼함 같은
기 에너지의 움직임을 느낄 수 있을 것입니다.
치유가 진행 중에 있다는 뜻입니다.
이것이 중요합니다.
시간은 상황에 따라 가감할 수 있지만
30분에서 1시간 정도를 발치기를 하고 난 후
양발을 벌리고 편안하게 누워서
눈은 감은 상태로 10분 정도 휴식을 취합니다.

이 자세를 취하는 것이 좋은 이유는

기 에너지가 온몸을 감싸면서 막혀 있던 혈자리를 풀어주며

치유가 계속되는 시간이기 때문입니다.

그리고 막혀 있던 혈자리가 풀어지는 과정에서

생성된 탁한 에너지가 몸 밖으로 빠져나가는 길은

발가락과 손가락 그리고 입과 겨드랑이입니다.

때문에 팔은 몸에 닿지 않도록 하는 것이 좋고

호흡은 코로 들이마시고

입으로 길게 내뱉는 방식으로 하는 것이 좋습니다.

발치기 운동은 혈액순환에 도움이 됩니다.

뿐만 아니라 분노나 스트레스 등으로 인해서

순환되지 못하고 한 곳에 정체되어 있거나 막혀 있는

기 에너지의 순환을 도와줌으로써

몸의 불편한 증상들을 개선시켜 줍니다.

만약 지금 분노나 스트레스로 인해서 몸이 힘들다면

발치기 운동을 10분이라도 계속해서 한다면

많은 도움을 받을 수 있습니다.

발치기 운동은 상기증상으로 인한 고통스러움을

견딜 수 있게 해 주는 방법입니다.

개인적인 경험으로 보면

발치기를 시작하면

처음에는 열감이 서서히 느껴지기 시작했습니다.

그다음으로는 묵직함, 단단함 등과 같은 느낌이 오고

발치기를 계속하여 시간이 더 지나서는

가슴에 따뜻한 에너지가 모이더니

서서히 온몸으로 퍼져나가는 것이 느껴졌습니다.

그리고 발치기를 30분정도 하고 끝을 내자

에너지가 온몸을 감싸고 있는 것을 느낄 수 있었습니다.

물론 발치기를 할 때마다 다른 느낌이지만

치유는 항상 이루어집니다.

누군가의 잘못은 내 분노를 토해내는 계기

어떤 이유로든 마음에 상처가 있는 사람들은

그래서 화(분노)가 많은 사람들은

자기도 모르게, 무의식적으로

분노나 두려움을 투사하면서 살아갑니다.

그래서 배우자나 다른 사람들의 잘못은 물론

자기 아이의 잘못도 지켜보며 성장하기를 기다려주지 못하고

쉽게 분노의 상태로 빠져들곤 합니다.

누군가의 잘못으로 인해서 분노하는 것이 아니라
이미 마음속에 잠재되어 있는 분노로 인해서 분노합니다.
누군가의 잘못은 다만 그 분노를 토해내는 점화기 내지는
계기를 제공한 것에 지나지 않습니다.
다시 말해 마음에 분노가 잠재되어 있으면
더 이상 인내할 수 없음으로 인해서
스스로를 통제하기 어려움으로 인해서
원치 않는 상황이 반복되면 쉽게 분노를 표출하게 됩니다.
이로 인해서 삶은 견디기 힘든 고통들이 반복됩니다.

마음에 분노가 많으면
모든 것이 존재 그 자체로 분노의 이유가 되기도 합니다.
그래서 추월당하는 것이 분노의 이유가 되고
자신을 기다리게 하는 것이 분노의 이유가 됩니다.
때로는 자신을 바라보는 눈빛이 분노의 이유가 되기도 합니다.
그러나 부정성이 없는 경우 치유되지 못한 분노는
생명력을 갉아 먹음으로써 뼈를 녹이고 살을 녹이는
그래서 사람의 힘으로는 어쩌지 못하는
심한 육체적인 통증을 동반한 질병들을 경험하게 합니다.
때문에 살아 있음이 고통이 됩니다.
몸의 상처는 쉽게 잊을 수 있지만

마음의 아픔으로 인한 상처는 흉터가 되어
평생을 잊지 못하는 고통의 기억이 됩니다.
그래서 마음의 상처로 인한 분노는 자신이 아팠던 그 크기만큼
자신에게든 타인에게든 큰 상처를 남깁니다.
때문에 몸이 아프면 치료를 받아야 하듯이
마음이 아프면 치유를 받아야만 합니다.
이것이 중요한 이유는
대부분의 사람들은 마음속의 내용물이
세상을 비추는 거울이기 때문입니다.
그래서 치유되지 못한 상처로 바라보는 세상은
고통스럽게 보일 뿐만 아니라 살아 있음이 고통입니다.

분노는 순리조차도 받아들이지 못한다

대부분의 사람들은 크건 작건 잘못을 저지릅니다.
그러면 누구라도 용서받기를 소망합니다.
그럼에도 용서하기는 참으로 어렵습니다.
본인은 용서 받기 원하면서
다른 사람을 용서하는 것은 왜 이리 어려운 걸까요?

마음의 치유, 다시 말해 분노의 치유는

단순히 책을 읽거나 강의를 듣는 것만으로는 부족합니다.

물론 마음이 순화되기는 하지만, 부족합니다.

마음의 치유란 이해와 용서입니다.

그러나 자신을 고통스럽게 한 사람은 용서하기가 어렵습니다.

자신이 아팠던 그 크기만큼, 용서가 안 됩니다.

아니 용서를 하려고 해도 분노하는 마음이 계속해서 올라와

자꾸 고통의 감정에 갇히게 됩니다.

이유야 어쨌든 대부분, 고통의 기억은

이해나 사랑이 결여된 폭력적인 행위로 인한 아픔이기 때문입니다.

또한 있어서는 안 되는 부당한 행위로 인한 아픔이기 때문입니다.

그래서 자신을 고통스럽게 한 사람을 용서하기가 어렵습니다.

아니 용서를 하려고 해도 안 됩니다.

용서하지 못함으로 인한 고통이 견딜 수 없어서

용서를 하려고 해도 안 됩니다.

고통의 기억은 마음에

부당함이나 억울함으로 강하게 스며들었기 때문에

마음은 결코 잊지를 못합니다.

이렇게 고통은 계속됩니다.

사실 마음에 걸리는 것이 있으면 환하게 미소 지을 수 없습니다.

진정 행복할 수 없습니다.

기분이 좋을 때는 많은 걸 이해하고 양보할 수 있지만

기분이 나쁘면 적은 것도 양보하고 싶지 않은 것이 마음입니다.

마음이 꼬인다고 할까요?!

그래서 상처 받은 마음은,

분노하는 마음은

이해와 양보뿐만 아니라 순리조차도 받아들이지 못합니다.

사람들은 사람이 고파서 웁니다

육체가 야채나 과일 같은 음식을 통해서

영양을 섭취하며 성장을 하듯이

마음도 이해와 배려 그리고 사랑이라는

감정 영양을 섭취하면서 성장을 합니다.

그래서 음식을 먹지 못하면

영양실조로 몸이 정상적으로 성장하지 못하듯이

마음도 이해, 배려, 평안, 사랑이라는 감정 영양을 섭취하지 못하면

마음이 아픈 것은 물론 몸도 각종 질병들을 경험하게 됩니다.

사람의 존재 방식은 사랑입니다.

사랑 없이는 살 수 없는,

사랑을 먹고 살아가는 사랑입니다.

그래서 사람들은 사랑을 충분히 받으면 평안하고 행복해합니다.

그러나 사랑을 받지 못하면

배는 불러도 가슴은 허전하고 외롭습니다.

그래서 사람들은 늘 사랑을 갈구합니다.

사람들은 배가 고파서도 울지만 사랑이 고파서도 웁니다.

마음의 아픔, 즉 상처란

사랑이라는 감정 영양을 충분히 받지 못하고

도리어 계속해서 괴롭힘을 당하거나 혹은 감당할 수 없는

고통스러운 일들을 경험하면서 형성된 상처가

치유되지 못한 상태로 남아 있는 것입니다.

특히나 자신의 생존을 거머쥐고 있는

사람에게서 받은 상처는, 의지한 만큼 더 아픕니다.

그래서 평생을 잊지 못하는 고통의 기억이 됩니다.

어떤 이유로든 고통의 기억이 있는 경우

아이들뿐 아니라 어른들 역시도

견디기 힘든 그 고통의 감정 속에 갇혀

평생을 아파하면서 살게 됩니다.

그리고 스스로를 보호하고자 하는 본능 때문에

삶은 방어적이면서 공격성을 띠게 되고

원치 않는 상황이 되면 쉽게 분노 속으로 빠져들곤 합니다.
또한 언제든 상처 받은 상황을 기억하는 것만으로도
다시 고통스러움의 상태로 되돌아갑니다.
그래서 마음은 외로움, 분노, 미움, 두려움, 원망 등과 같은
고통의 감정 속에서 늘 허우적거립니다.

고통의 기억을 치유하라

기억은 마음이 존재하는 방식입니다.
마음은 자신이 경험한 것, 들은 것, 본 것 등등을
필요에 따라 시기적절하게 적극적으로 활용하여
기억하면서 존재합니다.
마음은 가능한 자극적이면서도 흥미로운 것들을
기억으로 자주 떠올리곤 하는데
그 내용물에게 반응을 보이면 보일수록
더 자주 그 기억을 또렷하게 떠올립니다.
그 단골 메뉴 중 하나가 고통의 기억입니다.
그래서 마음은 가능한 자주 고통의 기억을 떠올립니다.
그러면 많은 시간이 고통스러울 수밖에 없습니다.
때문에 상처 받은 마음을 치유하지 않는다면

삶은 계속해서 고통스러울 수밖에 없습니다.

그래서 고통의 기억은

자신의 행복한 삶을 위해서라도 치유되어야만 합니다.

이것을 가능하게 하는 것이 '알아차림'입니다.

알아차림 명상에서 치유는 정화입니다.

지금의 정화이며, 단기 기억과 장기 기억의 정화입니다.

알아차림으로 지금이 정화가 되면

마음은 단기 기억의 저장고에서 고통을 찾습니다.

그러나 알아차림이 계속되어 이것조차도 정화가 된다면

마음은 다시 장기 기억의 저장고에서

고통을 찾으며 계속해서 스스로를 활성화시켜 갑니다.

이것은 마음이 존재하는 방식입니다.

마음이 만들어 내는 고통으로부터 자유로워지려면

알아차림을 통하여 지금뿐 아니라 단기 기억과 장기 기억이

모두 정화가 되었을 때 비로소 가능합니다.

지하철에서 노년의 아버지를 우연히 만났지만

고통의 기억으로 고개를 돌려야만 했던 기억이 있습니다.

얼마만큼 아팠으면 아버지에게 다가갈 수 없었던 걸까요?

그래서인지 위빠사나 명상을 하기 전에는

늘 '도망'다니는 악몽을 꿈꾸었습니다.

어릴 적 아버지가 무서워서 도망다니던 고통의 기억은
30년이 지나도록 계속되고 있었습니다.
그런데 몸과 마음을 알아차리는 명상을 통해서
고통의 기억은 치유되었고, 악몽은 꾸지 않고 있습니다.
만약 알아차림 명상을 하지 않았다면
죽음의 순간까지도 악몽에 시달리며 고통스러워했겠지요.

분노는 마음이 아프다는 절규다

심리학에서는
'나쁜 사람은 없다. 다만 아픈 사람만이 있다.'라고 합니다.
실제로 다른 사람들을 아프게 하는 사람들의 안을 들여다보면
고통에 몸부림치는 사람들입니다.
마음의 아픔으로 인해서 스스로도 어쩌지 못하고
고통 속에 갇혀 살고 있습니다.
분노는 슬픔의 에너지, 두려움의 에너지, 억울함의 에너지입니다.
그래서 아픔의 에너지입니다.
분노가 꼭 나쁘다는 뜻은 아닙니다.
다만 누군가에게 피해를 주는 것으로 표현되었을 때
나쁜 것이 됩니다.

또한 분노는 마음이 평안하지 않다는 뜻이기도 하지만

감기나 암처럼 마음이 아프다는 또 다른 표현이기도 합니다.

분노가 강할수록 견디기 힘든

마음의 아픔을 경험했다는 뜻이고

그래서 더 이상 견딜 수 없다는 절규입니다.

그러나 그 어떠한 이유로든 정당한 폭력이란 없습니다.

평화롭지 못한 분노의 표출은

더 큰 고통을 만들어 내는 방법일 뿐입니다.

누군가를 아프게 하면 한 만큼 자신 역시도 아픈 것이

생명체가 존재하는 방식(원인과 결과)이기 때문입니다.

그래서 분노하면서는 결코 행복할 수 없습니다.

때문에 몸에 난 상처를 치유해야만 하는 것처럼

분노로부터 자유로워지기 위한 노력을 해야만 합니다.

분노를 계속 지켜보면서 알아차리면

'분노'는 저 스스로 일어났다가 저 스스로 사라져 갑니다.

예전 같으면 당연히 분노가 일어날 일임에도

도리어 웃음이 납니다.

가슴에서 '분노'가 비워지자

사람들이 이해로, 사랑으로 다가왔습니다.

분노하지 않으면서

분노가 일어났다가 사라져 가는 것을 지켜보는 것은
실로 놀라운 경험입니다.
그야말로 분노로부터 자유로워집니다.

3장

'나'는 어떤 사람일까?

참 다르지요

딸이 사는 미국 캘리포니아에 10월에 가서
겨울을 보내고 3월에 한국으로 돌아온 적이 있습니다.
그곳에서 가장 추운 날의 온도가 영상 18도 정도였습니다.
이때 사위의 친구 가족들이 놀러왔는데
부츠에 겨울 스웨터를 입고 온 사람들이 있었습니다.
한국에서야 상상할 수 없는 일이지만
본인들이 경험하는 날씨 가운데에서 가장 추울 때이니
그럴 수도 있겠다는 생각을 했습니다.
저 역시도 전기장판을 사용하면서
옷을 더 입어야만 할 정도로 추위를 느꼈습니다.

요즈음 한국의 날씨는 영상 6도입니다.
얼마 전에는 영하 7도를 유지하다가 따뜻해진 것입니다.
그런데 재미있는 것은
이렇게 기온이 영하 7도였다가 영상 6도일 때는

춥다기보다는 푸근하게 느껴졌다는 것입니다.

분명 미국에서의 18도보다는 무척이나 추운 날씨임에도 불구하고

추위가 크게 느껴지지 않았을 뿐만 아니라

도리어 푸근하게 느껴졌습니다.

다시 말해 영상 18도보다 영상 6도가 더 따뜻한 느낌이었습니다.

이렇듯 몸은 어떤 온도에 적응되어 있느냐에 따라서

느낌은 전혀 달랐습니다.

한국에서 태어나서 오랫동안 한국에서 살았지만

미얀마에 가서 10년 가까이 살다 보니

겨울에는 도저히 한국에 올 수 없다고 하신 분의

말씀이 기억이 나네요.

영하의 날씨를 한 번도 경험해 보지 않은

열대지방에 사는 사람들에게

한국의 영하의 날씨는 견디기 힘든 고통입니다.

그러나 한대지방에서 살던 사람들에게

한국의 영하의 날씨는 푸근한 것이 되겠지요.

그런데 마음도 마찬가지입니다.

마음이 어느 관념이나 통념에 물들었느냐에 따라서

전혀 다른 판단을 하게 됩니다.

한국에서 까치가 노래하면 반가운 손님이 온다는 길조입니다.

그러나 까마귀는 불행과 죽음을 의미하는 흉조입니다.

그런데 일본에서는 우리와는 다르게

까마귀가 길조라고 하네요.

참 다르지요?

한국에서는 어른 앞에서 술은 마시지만 담배는 피울 수 없습니다.

그런데 외국의 어느 나라에서는

반대로 어른 앞에서 담배는 피울 수 있지만

술은 마시면 예의가 없는 행동이라고 하네요.

참 재미있지 않나요?!

한국에서는 거리에서 지나가는 사람과 부딪치면

'미안하다.'는 말을 하고서는

서로 아무 일 없었던 것처럼 지나갑니다.

때로는 '미안하다.'라는 말도 없이 가기도 합니다.

그러나 미국에서 같은 상황이 되면

불쾌하게 느낀다고 하네요.

한국에서 서울은 인구밀도가 높으니

지나가는 사람들과 부딪치는 일이 다반사이지만

미국은 땅이 넓어 다른 사람들과 부딪칠 일이 없으니

그럴 수도 있겠다는 생각을 해 봅니다.

더구나 미국에서는 문화가 서로 다른

이민족들과 함께 살다 보니 거리감도 느껴지겠지만

상대방에 대해서 모르다 보니

좀 더 조심(혹은 경계)을 하게 되고

그럼에도 불고하고 낯선 누군가와 부딪치게 되면

기분 나쁜 느낌이 자연스럽게 형성되는 것이 아닌가 하는

생각을 해 봅니다.

그러나 한국에서는 한 민족으로

오랜 시간 함께 살면서 슬픔도 기쁨도 함께하다 보니

서로에 대한 친근함이 더해져서, 서로 아무 일 없었던 것처럼

지나갈 수 있는 게 아닌가 하는 생각도 해 봅니다.

어쨌든 같은 행동에 서로 다른 의미를 부여하고들 있네요.

미얀마에서 머무를 때입니다.

빨래를 해서 햇볕이 잘 드는 곳에 널어놓으면

누군가 살며시 다가와서 팬티 같은 속옷은

아래쪽으로 옮겨 놓은 것을 볼 수 있습니다.

이유는, 젖은 옷을 말릴 때

한국에서는 적당한 곳이면 위든 아래든 상관없이 널어 말리지만

미얀마에서는 팬티 같은 속옷은

아래쪽에서 말리는 풍속이 있기 때문입니다.
'속옷은 아래쪽에서 말려야 한다'는 관습에 젖어 살다 보니
위쪽에 널려 있는 속옷은 보는 것만으로도 불편하고
그래서 남의 속옷임에도 불구하고
아래쪽으로 옮겨 놓고 간 것이겠지요.
마음의 습이란 것은 이렇듯 어이없는 행동을 하게도 만듭니다.

'치마를 입는 남자'
우린 상상할 없는 일이지만 미얀마의 남자들은
날씨가 너무나 덥기 때문에 치마를 입고 있습니다.

이렇듯 사람들은 서로 다른 방식으로
그리고 같은 것에 서로 다른 의미를 부여하면서 살고 있습니다.
사실 좋고, 싫고, 선하고, 나쁘고, 되고, 안 되고 등등의 인식은
세상에 태어나서 보고, 듣고, 경험하는 순간부터 시작됩니다.
그래서 인도에서 태어나 성장한 사람의 인식은
한국에서 태어나 성장한 사람과는 무척이나 다릅니다.
물론 미국에서 태어나 성장한 사람들도
마찬가지로 많이 다릅니다.
마음은 무엇을 보고 들으며 살았느냐에 따라
혹은 어느 것에 적응되어 있느냐에 따라

같은 것도 전혀 다르게 해석합니다.

한국 사람들은 오랜 시간 단일민족으로
거의 비슷한 생각과 비슷한 모습으로 살아서인지
다르다는 것을 받아들이기가 쉽지 않습니다.

현재 미국에 살고 있는 사위의 부모님은 한국 사람입니다.
그런데 사위가 태어난 곳은 브라질입니다.
어린 시절은 브라질에서 보내고 미국으로 이민 가서
오랜 시간 미국에서 살고 있습니다.
사위의 외모는 한국 사람이지만 사고 체계는
한국 사람들과는 사뭇 다르다는 것을 느낄 수 있습니다.
그리고 어린 시절부터 다른 민족들과 함께 살다 보니
서로 다르다는 다양성을 쉽게 수용하는 것 같습니다.
만약에 미국과 브라질 그리고 한국이 교대로 축구 시합을 한다면
사위는 어느 나라를 응원할까요?
외모는 한국 사람이지만
아마도 가장 정이 든 나라를 응원하겠지요.
대부분의 우리들은 이렇게 자신이 속해 있는
혹은 좋아하는 것들이나 이득이 되는 것들을 응원하게 됩니다.
이것은 생명체가 존재하는 자연스러운 본능입니다.

'할아버지 제사에 양복 입고 시간 맞추어서
엄숙하게 제사를 지내야만 한다.'는 아버지와
참여하는 데 의미가 있다고 생각하는 아들,
그리고 가족들에게 아침에는
'따뜻한 밥을 먹여야 한다.'는 시어머니와
상황에 따라서 다른 것을 먹어도 된다는 며느리 사이에
의견 조율이 어려운 것은 문화적인 시대성 때문입니다.
그동안 습관적으로 해 오던 자기만의 방식이 있는 것만큼이나
젊은 세대들노 그들만의 방식이 있다는 것을
받아들이는 것이 쉽지 않습니다.
경험적으로, 체득한 자기만의 방식만 보이기 때문입니다.
그런데 이런 의견 차이를 좁히지 못할 경우
결국 우린 서로를 많이 아프게 하겠지요.

착각 속에서 살고 있는 사람들

왼쪽 새끼발가락이 가려웠습니다.
그래서 무좀약을 사다가 발랐지만 낫지 않고
계속 간지러웠습니다.
어쩔 수 없이 무좀에 효과가 있다는 EM용액을 만들어서

사용할 수밖에 없었습니다.

EM용액은 집에서뿐만 아니라 미국에 가서도.

미얀마에 가서도 늘 만들어서 사용하였습니다.

발가락에 무좀이 있다는 사실은 부끄러운 일이라 생각되어

누구에게도 말은 하지 못하고

늘 EM용액을 만들어서 사용하고 있었습니다.

2020년에 미얀마에서 명상을 하고 있었습니다.

건기가 지난 3월의 미얀마는

12월이나 1월보다는 더 습한 날씨입니다.

몸이 습한 저에게 미얀마의 3월 날씨는

좌선을 끝내고 난 후에는 늘 치마가 젖을 정도였습니다.

물론 이때도 EM용액을 만들어서 사용을 하고 있었는데

발가락이 더 자주 간지러웠습니다.

순간 "아~ 무좀이 아니라 습진."

놀라웠습니다.

지금껏 3~4년을 습진을 무좀이라고 착각을 하고

살아왔다는 사실에 스스로도 놀랄 수밖에 없었습니다.

그동안 살아오면서 또 얼마나 많은 착각을 한 걸까요?

진화론을 주장하는 사람들이 있고

창조론을 주장하는 사람들이 있습니다.

그러고 보면 수많은 사람들이 믿는다고 해서

옳은 것은 아니라는 생각을 해 봅니다.

기독교, 천주교, 불교, 힌두교, 이슬람교, 토속신앙 기타 등등

수십억의 사람들이 각각 믿고 있는

서로 상대적인 논리가 다 진실일 수는 없으니까요.

다시 말해 2천년, 3천년 조상 대대로 전해져 온 종교가

다 진리는 아니라는 것입니다.

그래서 부보가 하는 말도, 친구가 하는 말 역시도

진리가 아닐 수도 있다는 뜻이기도 합니다.

물론 본인이 하는 말(견해) 역시도 마찬가지겠지요.

그렇다면 우리는 얼마나 많은 거짓과 진리를 혼동하며

착각 속에서 살고 있는 걸까요?

자기만의 판단 기준으로 진실을 오해하고

한 살짜리 아기가 엄마 품에 안겨서

집안 여기저기를 둘러보고 있었습니다.

엄마는 창가에 있는 커다란 물병에서 연꽃 새싹을 바라보다가

저녁을 먹기 위해서 주방으로 왔습니다.

그런데 아기는 엄마가 연꽃 새싹을 바라보는 시간에
주변에 있는 재미있는 장난감으로 생각되는
달걀만한 화분을 손에 잡을 수 있었습니다.
엄마가 주방에서 아기를 의자에 앉히려는 순간
아기는 손에 들고 있던 그 작은 화분을
그만 떨어뜨리고 말았습니다.
그러자 화분 속에 들어 있던 흙, 모래, 잘게 부서진 나무 조각들이
비가 오듯이, 먼지가 날리듯이 주방 바닥으로 쏟아져 내렸습니다.
저녁 식사 후 바로 목욕을 하기 때문에
손과 옷 등을 간단히 털어내고서 저녁 식사를 하게 되었습니다.
그런데 아기는 식사를 하는 내내
웃다가 칭얼거리기를 반복하는 것이었습니다.
아기가 졸려서 그런가보다 하며 식사를 끝낸 후
목욕을 시키기 위해서 기저귀를 열어보는 순간
놀랄 수밖에 없는 것들이 목격되었습니다.
기저귀에는 흙, 모래, 잘게 부서진 나무 조각들이 들어 있었습니다.
분명 윗옷을 입고 있었고
때문에 이물질이 들어갈 수 없다고 생각했는데
그것이 아니었습니다.
아기는 흙, 모래, 잘게 부서진 나무 조각들로 인해서
엉덩이가 불편하다고 몇 번이고 계속해서 칭얼거렸지만

어른들은 아기의 속사정은 모르는 채
자기들만의 판단 기준으로 진실을 왜곡하고 있었습니다.
아기는 식사하는 내내 얼마나 불편했을까요?!
우린 자기만의 판단 기준으로
얼마나 많은 진실을 오해하며 살고 있는 걸까요?

스스로에게 어이가 없었다

외국의 명상센터에서 처음 집중 수행을 하고 있는데
법당 가까운 곳에서 공사를 하는지
나무를 자르는 소리, 못을 박는 소리 등등의
시끄러운 소리가 계속해서 들려왔습니다.
그때는 명상을 하는 곳은 조용해야만 한다는
고정관념이 있었던 모양입니다.
알아차림에 방해가 된다고 생각되자
명상센터에서 수행자들을 배려하지 않고
이렇게 시끄러운 공사를 할 수 있는지 이해가 되지 않았습니다.
그래서 화가 났습니다.

그리고 2년 후 그 명상센터에 다시 가보니

128

시끄러웠던 그곳에 숙소가 들어서 있었습니다.
이 숙소는 법당에서 가까운 곳이라
저를 포함해서 많은 수행자들이 이곳을 선호했습니다.
그런데 순간 스스로에게 어이가 없었습니다.
이 숙소를 짓는 공사로 인한 소음은
시끄럽다고 화를 내던 사람이
이 숙소를 원하고 있으니 말입니다.

그동안 살아오면서 스스로는 의식하지 못한 채로
이렇게 한 입으로 두 말을 했던 적은 얼마나 있었던 걸까요?
결과물은 원하면서 그 과정의 불편함은 이해하지 못하고
어리석은 말과 행동을 한 적은 또 얼마나 있었던 걸까요?

때로는 원치 않는 행동을 하기도

버스 정류장에서 버스를 기다리고 있었습니다.
나이가 들다 보니
버스나 지하철 안에서 서 있는 것이 불편하기만 합니다.
그래서 가능한 먼저 타려고 노력을 합니다.
버스가 다가와 멈추자 모두가 먼저 타려고 몰려들었습니다.

저도 순간적으로 제 발을 버스에 올려놓았습니다.

그런데 그 순간 초등학교 어린이가 서 있는 것이 보였습니다.

몸은 이미 차에 오르고 있었고

아이를 인식하며 양보를 해야만 한다는 판단은

이미 차에 올라선 이후였습니다.

그렇다고 아이보다 먼저 탈 마음은 없었는데

결과는 그렇게 되었습니다.

어쩌면 좋습니까?

차를 먼저 타겠다는 마음이 강렬했던 만큼

주변은 보이지 않았던 것입니다.

아이에게 미안했습니다.

이렇게 때로는 원치 않는 행동을 하게 되기도 하네요.

그러니 그 누구를 철없는 행동을 한다고 비난할 수 있을까요?

무지와 오류를 범하며

한 지인의 어린 딸이 평소에 소화가 안 되어

배앓이를 자주 하곤 하였답니다.

어느 날, 배앓이를 하는 딸을

소화가 안 되어 그러려니 생각하며 밤새도록 보살피다
아침이 되어 어쩔 수 없이 출근을 하고
혼자서 배앓이를 계속하던 딸은
견디다 못해 엄마에게 전화를 하고
결국 엄마는 딸과 함께 병원을 가게 되었습니다.
그런데 병원에서 의사에게 들은 말은
"맹장염입니다. 큰일 날 뻔했습니다."였습니다.

엄마는 아이가 아파하는 것을 지켜보면서
당연히 평소와 같은 소화불량이라고 생각했지만
딸아이는 평소와는 다른 맹장염이었습니다.
엄마는 놀랄 수밖에 없었습니다.
더구나 자신의 무모함에,
딸아이의 건강에 치명적인 결과를 초래할 수도 있었다는 사실에,
가슴을 쓸어내리며 안도하였습니다.
딸아이에 대해서는 누구보다 '잘 안다'는 착각 속에 살면서
무지와 오류를 범하며 살고 있는
자신을 되돌아보는 기회가 되었답니다.

우린 평소 '잘 안다'라는 생각 혹은 '당연하다'는 생각에
습관적으로 말과 행동을 하기도 합니다.

그런데 그 상황에서는 또 다른 이유가 있을 수 있음을
헤아리는 것은 왜 이리 어려운 것일까요?
자신의 앎이 완벽하지 않음을 인지하는 것은 왜 이리 어려울까요?

'내 방법만 옳다고 주장한 건가?'

우리 집 주방에서는 뚝배기를
음식물을 데우는 용도로 사용하고 있습니다.
이 외에 계란을 삶거나 한약을 데워 먹을 때도
이 뚝배기를 사용하곤 합니다.
마치 전자레인지처럼 다용도로 사용하고 있습니다.
뚝배기에 계란을 삶을 때에는
물이 끓으면서 김이 나면 바로 불을 꺼도 계란이 삶아집니다.
그래서인지 느낌으로 계란을 삶는 데는
5분에서 6분 정도면 충분하다는 생각을 하고 있었습니다.
그래서 이 이야기를 다른 사람에게 가볍게 하게 되었습니다.
그런데 집이 아닌 다른 곳에서 전기 포토로 계란을 삶는데
6분이 지나 7분이 지나도 삶아지지 않았습니다.
끓는 물에 10분 정도를 삶아야 되는 것이었습니다.
그래서 공연히 거짓말을 한 것 같아

'사정을 이야기해야 하나?' 하는 고민을 하였습니다.

이렇듯 계란을 삶는 것 하나에도
방법적인 것 때문에 다른 의견이 나오는데
또 다른 많은 것들에서는
얼마나 다양한 의견들이 나올 수 있을까요?
그동안 살아오면서 '내 방법만 옳다고 너무 주장한 건 아닌가?'
하는 생각을 하게 되네요.

본인으로서는 알 수 없는 것들

이사를 했습니다. 모처럼 청소를 하는데
창틀에 검은색의 흙먼지가
수북이 쌓여 있다고 표현할 정도로 많았습니다.
창틀에 흙먼지가 이렇게나 많이 쌓인 것은 처음 보았습니다.
좀 놀라워서 얼마나 청소를 안 하면
'이렇게까지 되는 걸까?' 라고 생각하며
아는 사람에게 흉을 좀 보았습니다.
'창틀에 흙먼지가 이렇게나 많이 쌓인 건 처음 봤어요.'
그런데 시간이 흘러 비가 온 후에는

창틀에 흙먼지가 듬뿍 쌓이는 것이었습니다.
주변의 어떤 구조적인 이유로 인해서인지는 모르겠지만
비만 오면 검은색의 흙먼지가 수북이 쌓였습니다.
흙먼지를 보면서 깨달았습니다.
아무리 잘못된 것으로 보여도 본인으로서는 알 수 없는
나름대로의 이유나 사정이라는 것들이 있을 수 있다는 것을요.
그래서 흉을 보아서는 안 된다는 것을요.

가정에서 주부로 일을 하다 보면
설거지는 기본적으로 매일 3~4차례씩 하게 되는데
물기가 빠진 그릇들을 정리하다 보면
나름 깨끗이 한다고 한 설거지에서
깨끗하지 않은 그릇들이 보일 때가 있습니다.
이럴 때면, 다른 사람들이 실수나 잘못을 하더라도
비난이나 흉을 보아서는 안 되겠다는 생각을 하게 되네요.

속사정은 모르면서

외국의 한 명상센터에서 수행을 하고 있는데
스님 한 분이 오셨습니다.

134

그런데 스님은 맨 앞자리를 차지하고서는
자리를 비우는 시간이 많았습니다.
이것을 지켜보던 한 수행자가 제게 이런 말을 하네요.

"저 스님은 자리만 차지하고 수행은 안 하네요."

그런데 스님의 속사정은
상기증상으로 인해서 명상에 집중할 수 없는 상태였습니다.
집중을 하면 할수록 고통스럽기 때문입니다.
스님(다른 사람)의 속사정은 모르면서
비난하고 싶어 하는 마음을 어떻게 하죠?

그때는 미처 몰랐습니다

아주 오래 전 봄이었습니다.
초등학교 1학년인 딸아이에게 모처럼 예쁜 옷을 사서 입혔는데
자꾸만 옷소매를 걷어 올리는 것이, 예뻐 보이질 않았습니다.
더구나 일을 하는 것도 아니면서
일하는 아줌마처럼 행동하는 것이 보기 싫어서
그러지 말라고 야단을 친 적이 있습니다.

그런데 많은 시간이 흐른 후
딸은 엄마인 저와는 다르게, 몸에 열이 많아서
그럴 수밖에 없었다는 것을 알게 되었습니다.

엄마로서 아이의 속사정까지도 헤아릴 수 있어야 했는데
그때는 미처 몰랐습니다.
야단을 치기 전에
먼저 아이에게 왜 그러는지를 알아보았어야 했는데
그러질 못했습니다.

모든 행위에는 나름대로의 이유가 있습니다.
엄마로서 그 행위 이면의 것을 볼 수 있어야 했는데
많이 부족했습니다.
엄마의 성숙하지 못한 독선적인 행동으로
딸아이는 많이 힘들었겠지요.
미안해서 어쩌죠.
이런 엄마의 어리석음으로
아이들은 또 얼마나 더 힘들었던 걸까요?

딸이 멀리 떠나고 나서야
이해해 준 것보다는 이해하지 못한 일들이 생각나고

잘해 준 것보다는 잘못한 일들이 생각나네요.
아니 잘못한 일들이 너무 많아
미안하고 죄스럽기만 합니다.

부모가 이해하지 못하고 배려하지 못하면
자녀들은 평안할 수 없습니다.
부모가 집착하거나 독선적이면
자녀들은 고통스러울 수밖에 없습니다.
부모가 폭언을 하거나 폭력적이면
자녀들은 지옥을 경험하게 됩니다.

허세보다는 실리를 찾아라

법당에서 함께 명상을 하는 사람들을 보면
더위를 타는 사람, 몹시도 추위하는 사람,
더위도 추위도 상관이 없는 사람,
그리고 더위도 힘들고 추위도 힘든 사람들이 있습니다.
저는 몹시도 추위를 타는 사람입니다.
그래서 선풍기 바람을 싫어합니다.
물론 폭염처럼, 너무 더울 때는 잠깐씩 이용하기도 합니다.

어쨌든 가능한 선풍기 바람이 오지 않는 곳에 자리를 마련하고
명상을 하고 있었습니다.
그런데 조금은 먼 곳에서 좌선을 하시던 분이
오늘은 제 자리까지 와서 선풍기를 켜는 것이었습니다.

"저는 선풍기 바람이 불편합니다. 선풍기 꺼 주세요."
"여기 옆에 있는 사람들, 다 더워해요."

말을 해도 소용이 없었습니다.
어쩔 수 없이 선풍기 바람이 오지 않는 곳을 찾아서
자리를 옮길 수밖에 없었습니다.
'왜? 남의 자리까지 와서 선풍기를 켜느냐?'고
'선풍기 켜는 게 좋은지, 옆에 있는 사람들에게 물어 봤느냐?'고
항의할 수도 있었지만
자리를 옮기는 것이 감정적 손실이 적으니
그냥 자리를 옮겼습니다.
그런데 얼마 후 선풍기를 켜신 분이 제게 다가와 사과를 하네요.
선풍기를 꺼 달라고 강하게 반응할 수도 있었지만
져주니까 사과도 받고 이후에는 더 친절하게 대접해 주었습니다.

만약 선풍기를 꺼 달라고 강하게 반응을 했다면

어떻게 되었을까요?

마음은 어떤 상황이든 감정싸움을 하게 되면

무조건 이기고 싶어합니다.

마치 자신의 생존이 걸린 것처럼 이기고 싶어합니다.

더 큰 손해를 보면서도 지는 것은 무조건 싫어합니다.

다툼에서 이긴다고 하더라도

스트레스로 인해서 손해가 더 큰데도 말입니다.

어쩌면 누군가는 양보하는 것이나 '져주기'는

'자존심이 상하는 일'이라고 주장할 수도 있습니다.

그러나 누군가와 싸우면서 에너지를 소모하는 것보다는

득이 훨씬 더 많습니다.

허세보다는 실리를 찾는다고 해야 할까요?!

오랜 가뭄으로 작은 나무들이 힘들어하면

곁에 있는 큰 나무는 땅속 깊은 곳에서 물을 빨아들여

뿌리가 깊지 않은 작은 나무들에게 물을 공급한다고 합니다.

참으로 놀라운 일이죠.

작은 나무들의 부족한 것을 채워주는 큰 나무처럼

그 무엇에도 휘둘리지 않으면서

누군가의 부족함을 채워주는 삶을 살 수 있다면

얼마나 좋을까요?

다른 사람을 아프게 하는 사람들

어느 딸이 어머니의 잔소리가 싫어서
너그러운 엄마가 되겠다고 결심하였습니다.
나이 들어 엄마가 되었는데
어머니가 그랬던 것처럼
자신도 아이의 실수에 잔소리를 하며 질타를 하고 있었습니다.

한 남자가 아버지의 술주정으로 고통스러워서
자신은 가족들을 괴롭히지 않겠다고 결심을 하였습니다.
나이 들면서 친구들과의 모임이나 회식자리에서
자연스럽게 술을 마시게 되고
아버지가 그랬던 것처럼
자신도 가족들을 괴롭히고 있었습니다.

어느 직장인이 선배의 질타가 너무 힘들어서
후배에게는 잘하겠다고 결심을 하였습니다.
시간이 흘러 선배가 되었는데
후배의 이런저런 모습이 마땅치 않으니
선배가 그랬던 것처럼
자신도 후배를 호되게 질타하고 있었습니다.

선배나 부모 그리고 주변 사람이

누군가를 비난하거나 괴롭히던 그 모습을

자신이 똑같이 답습하는 이유는 무엇 때문일까요?

더구나 잘하겠다고 결심을 했음에도

같은 잘못이 반복되는 이유는 무엇 때문일까요?

그리고 자신이 불편하고 아팠던 만큼

자신 역시도 누군가를 불편하게 하고 아프게 한다는 사실을

깨닫는 것은 왜 이리 어려운 것일까요?

아픔을 안고 사는 사람들

이해하지 못하는 사람은 이해하지 못해서 아프고

오해하는 사람은 오해하느라 아픕니다.

미움을 받는 사람도 아프지만

미워하는 사람도 미워하느라 아픕니다.

집착하는 사람도 아프고 집착을 당하는 사람도 아픕니다.

원망을 하는 사람도 아프고 그 소리를 듣는 사람도 아픕니다.

욕심이 채워지지 않아서 아프고

욕심을 놓아버리지 못해서도 아픕니다.

잘 몰라서 아프고, 알아도 뜻대로 안 되어서 아픕니다.

어른은 처음으로 어른 노릇 하는 것이라 서툴러서 아프고
자녀들은 서투른 부모를 만나서 아픕니다.
남자라서 아프고 여자라서 아픕니다.
태어나면서도 아프지만 늙어가면서도 아픕니다.
더 많이 사랑해 주지 못해서 아프고
사랑을 받지 못해서도 아픕니다.

그러고 보면 대부분의 사람들은 나름대로의
아픔을 안고 살아가고 있습니다.

'저'도 그랬으니까요

미얀마에 방문했을 때입니다.
현지에 도착해서 입국 수속을 하고 짐 찾고
밤 11시가 넘었을까요?!
호텔에서 픽업 나오기로 되어 있었는데
아무리 찾아도 보이지 않았습니다.
마침 한국 사람들이 여러 분 계셔서 도움을 청하니까
처음 본 사람임에도 불구하고
택시도 잡아주고 가격까지 흥정해 주었습니다.

이것이 동포애인 것 같습니다.

너무 뿌듯하고 고마웠습니다.

그런데 그분들께는 감사 인사도 제대로 못했습니다.

나오기로 한 곳에 전화까지 하면서 도움을 주었는데 말이죠.

그래서 누군가에게 친절하게 했는데

상대가 고마워하지 않아도 서운해하면 안 될 것 같습니다.

'저'도 그랬으니까요.

이해가 필요한 사람들

오래전 그러니까 초등학교 저학년 때로 기억합니다.

시골 농가에서 살았습니다.

할아버지, 큰할머니와 할머니, 작은 아버님 내외와 사촌 동생,

일하는 아저씨 두 분, 큰 고모, 막내 삼촌, 그리고 남동생과 저,

이렇게 12명이나 되는 대가족이었습니다.

그래서인지 할머니께서

부엌에서 일하는 작은 어머니에게 늘상 하시는 말씀이

"양념 아껴라."였습니다.

어느 날 학교에서 돌아왔는데 배가 고팠습니다.

마침 집에는 아무도 없었습니다.

식구가 대가족이라 집에 사람이 없는 경우는 거의 없습니다.

그런데 아무도 없었습니다.

점심을 먹으려고 이것저것 꺼내다가 밥을 비벼 먹기로 했습니다.

그런데 순간 할머니께서

작은 어머니에게 하신 말씀이 기억났습니다.

"양념 아껴라."

하지만 '실컷 먹어야지~!! 루루~! 라라~!' 하며

밥에다 참기름을 두 수저인지 세 수저인지를 넣었습니다.

맛이 참 좋았습니다. 꿀맛이었습니다.

그런데 밥을 계속 먹어가면서

처음 향기롭고 맛이 좋았던 것이 느끼함으로 변해 갔습니다.

밥을 다 먹기가 힘이 들었습니다.

그러나 할머니 말씀을 어기고

몰래 많이 먹는 것이라 버리기가 아까웠고

또한 음식을 버리면 안 된다는 말씀을 듣고 자란 그때의 저로서는

어떻게든 다 먹어야겠다는 생각으로 노력하였지만

참기름의 느끼함에 질려서

결국 밥을 소밥을 모아 놓는 그릇에 버리고 말았습니다.

이후로는 기름진 음심은 먹지 못하는 불편함이 생겼습니다.

그래서 저는 삼겹살이나 짜장면뿐만 아니라

튀김도 잘 먹지 못합니다.

때문에 여럿이 함께하는 식사나 회식을 할 때는

다른 사람들에게 불편을 주기도 합니다.

이렇게 저는 이해가 필요한 사람이 되었습니다.

그런데 주변을 살펴보면 이해가 필요한 사람이 많은 듯합니다.

쉽게 엘리베이터를 못 타는 사람,

사람이 많은 지하철이나 버스는 못 견뎌하는 사람,

여러 사람 앞에는 못 나서는 사람,

늘 한발 늦게 반응하는 사람,

육체의 아픔으로 혼자서는 못 움직이는 사람,

노화로 인해서 거동이 불편한 사람 등등

그리고 보면 많은 사람들이

크건 작건 본인의 의지로는 어찌해 볼 수 없는

나름대로의 아픔을 간직하고 있는 건지도 모르겠습니다.

이 외에도 겉으로는 드러나지 않는 아픔,

남들에게는 차마 말할 수 없는 그런 아픔도 있겠지요.

어쩌면 우리 모두는 몸이 아파서든 마음이 아파서든

이해가 필요한 사람들인지도 모르겠습니다.

다시 그 시간들이 돌아올 수 있을까?

오래전 어느 일요일 아침 전화벨이 울렸습니다.

아들이 서울의 한 대학병원 응급실에 있다는 소식이었습니다.

정신없이 달려가 찾아보니 아들은

친구들과 놀다가 계단에서 넘어져 떨어지면서

머리를 다친 상태였습니다.

의사들은 최악의 상태를 설명하고

중환자실에 있는 아들은

바라보는 것만으로도 애가 타는

견디기 힘든 고통이었습니다.

엄마로서는 할 것이 없었습니다.

음식을 제대로 먹을 수도 없었습니다.

몸이 노랗게 물들었습니다.

너무 심한 충격으로 나타나는 증상이었습니다.

병실에 누워 있는 아들을 바라보니

아이와 함께 웃고 장난하던, 그 시간들이 그리웠습니다.

'다시 그 시간들이 돌아올 수 있을까?'를 생각하니

눈물이 절로 흘러 내렸습니다.

그리고 아무런 변화도 없는 것 같은

지루하다고 생각했던 일상이

집안일이나 회사일이 너무 힘들다며 푸념하던 일상이

사실은 행복한 시간이었음이 이해로 다가왔습니다.

자식이 죽으면 땅이 아니라 가슴에 묻는다는 말이 있습니다.

그만큼 처절하게 아프다는 뜻이겠지요.

또한 그만큼 사랑한다는 뜻이기도 합니다.

저 역시 이런 아픔들을 겪다 보니

자식은 말썽을 좀 피우더라도 건강하게 살아주는 것만으로도

100점짜리 자식이란 생각을 하게 되네요.

상대방의 뜻을 잘못 이해하고

트럭을 타고 이 동네 저 동네 다니며

과일이나 야채를 파는 아저씨가 왔습니다.

뭔가 '필요한 것이 있을까?' 이것저것 구경하다가

당근과 감자를 사기로 결정하였습니다.

그리고 "카드는 안 된다."는 아저씨 말씀에

현금을 가지러 집으로 돌아왔다가 다시 가는데

아저씨가 차를 돌리고 있네요.

그런데 차가 멈추는 것이 아니라
다른 곳을 향해 가는 것이었습니다.

"아저씨~" 하며 소리쳐 보았지만
아저씨는 그 소리를 듣지 못했는지 그냥 떠나가고 있었습니다.
순간, 돈을 가지러 간다는 말을 하지 않았다는 것을 알아채며
다시 "아저씨~" 하며 소리쳐 보았지만
아저씨는 듣지 못해서인지 그렇게 떠나갔습니다.
아저씨는 어떤 생각을 하며 떠나갔을까요?
혹시 '오늘은 장사가 안 되네.' 하며,
우울해하지 않기를 빌어봅니다.

우린 삶의 많은 순간에
이처럼 상대방의 뜻을 몰라서 혹은 잘못 이해하여
여러 가지를 놓치거나 오해하며 살고 있는 건 아닐까? 하는
생각을 해 봅니다.

이해의 크기나 속도는 사람마다 다르다

한 남자가 6살이나 7살 정도 된 어린 아들과 함께

길을 걸어가고 있었습니다.

아빠는 자기 보폭에 맞게 성큼성큼 걸어가고

아이는 아빠를 따라가기 위해서 달리듯 걷고 있었습니다.

얼마나 걸었을까?

아이는 지쳐 보였습니다.

그러나 아빠는 이런 아이를 배려하지 못한 채로

계속해서 자기만의 속도로 걸어갔습니다.

아빠에게는 어떤 사정이 있는 걸까요?

아니면 이것이 평소 아빠의 모습인 걸까요?

어쨌든, 먼 훗날

아이는 아빠를 어떤 사람으로 기억하게 될까요?

사람들마다 걷기의 속도는 다릅니다.

물론 힘의 세기도 다릅니다.

마찬가지로 사람들마다 이해의 속도나 이해의 크기

그리고 배려의 크기나 앎의 정도도 다릅니다.

그런데 아빠가 아이의 걸음 속도를 간과하듯이

함께 사는 세상에서

다른 사람들의 이해의 속도나 이해의 크기,

앎의 차이를 간과한다면 어떤 일들이 벌어질까요?

'나'는 어떤 사람일까?

법당에서 좌선을 하고 있는데 한 수행자가 다가와

"이 전기선 가져가도 돼요?"

라고 묻는 것이었습니다.

저는 좌선에 깊이 몰입되어 있었기 때문에

움직일 수도 말을 자유롭게 할 수도 없었습니다.

눈을 떠 보니 제가 사용하고 있는 선풍기를 연결하고 있는

콘센트를 달라고 하는 것이었습니다.

창틀에 콘센트가 있는 것을 알기에

"창틀"이라고 말을 하고서는

다시 눈을 감고 좌선을 계속하였습니다.

사실 좌선 중에 있는 사람에게 말을 해서는 안 됩니다.

그리고 분명 지금 사용 중인 것을 보면서

달라고 말하는 것도 쉬운 일은 아닙니다.

그런데 며칠 후, 이분은 제게 이런 말씀을 하시네요.

"저는 달라고 말하는 거 못해요."

우린 얼마나 자신에 대해선 모르고 사는 걸까요?

아니 우리는 자신에 대해선 얼마나 알고 있는 걸까요?

자신을 안다는 것은 참으로 어려운 일입니다.

하물며 다른 사람들의 속내를 알고 제대로 이해한다는 것은

더욱이 어려운 일입니다.

그럼에도 우리는 함께하는 주변 사람들에게

자신의 정당성을 주장하며

'널 이해할 수 없어.'

'그러면 안 돼.'라고 말하며

마치 모든 것을 다 아는 양, 자신이 정답인 양,

상대방을 질책하며 불화를 만들어 갑니다.

그렇다면 다른 사람들 눈에 보이는

'나'는 어떤 사람일까요?

사랑하는 부모님에게는 어떤 자식이며

무엇을 주어도 아깝지 않은 자식들에게는 어떤 부모일까요?

그리고 평생의 동반자인 배우자에게는

어떤 아내이고 어떤 남편일까요?

더 나아가 학교에서나 직장에서는 어떤 동료일까요?

그들의 눈에 보이는 '나'는 어떤 사람일까요?

'나'는 어떤 사람일까?

아만이 죽어야 참된 이치가 보인다

아이들이 세상에 태어나는 순간의 마음은
하얀 도화지처럼 순수하고 아름답기만 합니다.
시간이 지나 아이의 눈이 열리고 귀가 열리기 시작하면
엄마, 아빠는 그 하얀 도화지 같은 마음에
'음식은 골고루 먹어야 한다.'
'친구들과는 사이좋게 지내야 한다.'
'일찍 자고 일찍 일어나야 착한 어린이다.'라는 등등의
빨강, 파랑, 노랑의 기본적인 색깔들을 물들이기 시작합니다.
그리고 아이들이 좀 더 성장하면서
세상을 향해 뛰어 놀기 시작하면
엄마, 아빠의 기호에 따른 또 다른 색을 물들입니다.
'돼지고기는 먹으면 안 된다.' (이슬람교)
'소고기는 조상대대로 먹지 않았다.' (힌두교)
'일요일에는 꼭 예배를 드려야 한다.'
'능력 있는 사람이 되어야 한다.' 등등으로 말입니다.
그래서 누군가는
소고기나 돼지고기를 먹으면 마음이 불편하고
일요일에 교회나 성당에 안 가면 뭔가 허전하고
친구나 주변 사람들이 경쟁의 대상으로만 보입니다.

그리고 시간이 더 흘러
스스로 선택할 수 있는 나이가 되면서부터는
주변 사람들에게서 혹은 동경하는 사람들이 만들어 놓은
또 다른 색을 자신의 기호에 따라 선택하며
스스로 자신의 마음에 물을 들입니다.

이렇게 해서 대부분의 사람들은
그동안 보고 듣고 경험한 것들을 바탕으로 한
자기만의 색다른 안경을 끼게 됩니다.
자의든 타의든 보고 듣고 경험한 것들은
자기만의 색안경이 됩니다.
그러면서 이제 자기만의 색을 지닌
개성 있는 진짜 어른이 되었다고 자부합니다.
그리고는 '알 만큼 안다. 많은 것을 안다.'는 지식의 착각 속에서
'세상의 중심'은 자신이라는 착각 속에서 살아갑니다.
색안경을 낀 눈으로는 자연의 색을 볼 수 없는 것처럼
보이고 들리는 것에 잠식당하는 마음의 눈으로는
옳고 그름을 분별할 수 없다는 사실은 모르는 채로요.

때문에 '나는 옳다'라는 아만이 죽어야(무아無我)만
참된 이치를 볼 수 있는 것이었습니다.

4장
'나'가 전부였던 삶에서

모든 만물은 각각의 쓰임새가 있다

음식을 먹으면
여러 가지로 신기한 현상들을 경험하게 됩니다.
예를 들어 돼지고기나 오리고기는 몸을 차갑게 만드는데
오리고기는 먹으면 바로 냉기를 발산하지만
돼지고기는 냉기를 서서히 발산합니다.
과일 중에서도 몸을 차갑게 하는 것들이 있습니다.
그중에 한국에서도 흔히 먹을 수 있는 바나나는
하초(하체)를 차갑게 만들어 버립니다.
그런데 홍차를 마시면 그 냉기를 해소시켜 주는 것을
느낄 수 있어서 좋습니다.
나이가 들어가면서 눈이 건조한 증상들이 나타나는데
당근을 먹으니 좋더군요.

어릴 때부터 위가 아파서 고생을 좀 했습니다.
그런데 양배추나 아욱을 먹으면 위가 편안합니다.

그리고 위가 아프거나 소화가 안 될 때
살구 하나를 먹어도 좋았습니다.
몇 년 전 무척이나 아팠던 적이 있는데
입고 있던 옷의 무게가 압력감으로 다가와서
견디기가 힘들 정도로 기운이 없었습니다.
그래서 대추를 먹었더니 자연스럽게 회복되더군요.

늘 추위로 고생을 하는데
혈액순환이 잘 안 되는 이유도 있지만
몸이 늘 습하다는 것을 느낄 수 있습니다.
그런데 생선이나 미역 같은 바다 음식을 먹으면
몸이 더 축축해지는 것을 느낄 수 있습니다.
그리고 삼계탕을 먹으면 몸에서 힘이 납니다.
홍삼을 먹으면 몸이 굳어지는 것이 좋아지고
몸의 습한 것도 사라지면서 힘이 납니다.
그런데 추어탕은 먹으면 몸에 힘은 나지만
몸이 축축해지는 것을 느낄 수 있습니다.
아마도 물에서 사는 것이라 그러겠지요.

한약재 중에도 늘 먹는 것이 있는데
당귀와 황기 그리고 백출입니다.

이런 약재들은 소화가 안 되거나
몸이 습한 증상에 도움이 되기 때문입니다.
그러고 보면 모든 만물은 각각 나름대로의 쓰임새가 있습니다.
그렇다면 사람은 어떤 쓰임새로 쓰이기 위해서
세상에 태어난 것일까요?

고정관념이라는 포승줄에 묶여서

어린 시절, 그러니까 초등학교 5학년부터 어머니의 권유에 따라
하나님과 예수님을 믿고 따르는 신앙생활을 한 적이 있습니다.
그때 7년 정도 신앙생활을 했는데
그 종교로부터 떠나서 오랜 시간이 흘렀음에도
혹시 이러다 죽는 건 아닐까 하는 생각으로
왠지 두려웠던 기억이 있습니다.
그리고 부처님(붓다)을 모시고 있는 절에 가는 것이
꺼림직하게 느껴지기도 했습니다.
분명 그 종교의 교리가 믿어지지 않았었는데도 말입니다.

이렇듯 옳고 그름을 떠나, 듣고 또 들어서
마음에 새겨져 습이 된 것으로부터

자유로워지는 것은 참으로 어렵습니다.

도리어 마음의 습(고정관념)이라고 하는 고정 틀 안에서

그것이 전부인 양 스스로를 어쩌지 못하고 아파합니다.

자신이 직접 보고 듣고 경험을 통해서 얻은 결과물들인

마음의 습 혹은 고정관념들이

'잘못 되었다'라거나 '아니다'라는 것을

받아들이는 것은 매우 어려운 일이기 때문입니다.

아니 받아들이려고 해도 되지 않습니다.

그동안 경험했던 많은 또렷한 기억들이

'자신(고정관념)은 옳다'라는 것에

계속해서 확신의 힘을 실어주기 때문입니다.

그래서 대부분의 사람들은

자신의 말과 행동은 옳다고 주장을 하면서

고정관념이라는 포승줄에 묶여서 평생을 포로로 살아갑니다.

고정관념이란

과거의 경험을 통해서 얻은 자기만의 시각으로

현재를 바라보고 판단하는 시각입니다.

다시 말해 과거가 현재를 판단하는 시각입니다.

그래서 자기만의 시각으로

다른 시각은 잘못된 것으로 인식하기도 합니다.

개인적으로 이런 고정관념으로부터

벗어나기 위해서 선택한 방법 중 하나는

다양한 것들을 경험하는 것이었습니다.

다시 말해 상대적인 관념들을 접해 보는 것이었습니다.

어쩌면 7년 동안 믿어 왔던 종교가

정답이 아니라는 것을 확인하고 싶었는지도 모르겠습니다.

때문에 성당에도 가보고, 집주변에 있는 교회는 물론

멀리 있는 여러 교회들도 가보고

미국에 있는 교회도 가보고, 절에도 가보고,

그리고 힌두교 서적, 이슬람교 서적, 유대인들의 서적,

유교 서적, 불교 서적 등등을 읽어 보았습니다.

그래서인지 기독교인들은 저를 보고 불교인 같다고 하고

불교인들은 저를 보고 기독교인 같다고들 하시네요.

그런데 이렇게 새로운 지식을 만나건

새로운 사람을 만나건 관념의 시각을 버리기도 어렵지만

새로운 지식을 만난다고 하더라도

또 새로운 관념에 갇히는 것이 될 수도 있습니다.

보는 것, 듣는 것, 느끼는 것, 이 모든 것들이

시간을 초월해서, 장소를 초월해서 관념을 강화하기 때문입니다.

그래서 그 어디에 갇힘도 막힘도 없이 넘나들며 자유롭기 위해서,

그 작용의 주체인 마음을

더하고 뺌 없이 있는 그대로를 알아차렸습니다.

오랜만에 한 지인을 만났습니다.

그녀는 이런저런 이야기를 나누는 도중에

함께 교회 다니는 남편은

'절 근처에도 안 간다'고 하네요.

저 역시 7년 정도 다닌 종교 생활로도

절에 가는 것이 꺼림직했는데

그분은 아주 더 오랜 시간 교회를 다녔으니

당연히 그럴 수도 있겠다는 생각을 해 봅니다.

그렇다면 불교인 집안에서 태어나서

오랫동안 불교인으로서 생활을 한 사람은 교회에 갈까요?

사람들은 마음의 내용물이 상대적으로 다른 것들과는

'아예 등을 지고 산다'고 해야 할까요?!

'자신은 옳다'라는 신념에 따라서 살다 보니

안타깝게도 '상대적인 것들은 무조건 잘못되었다'고 배척하면서

또 다른 지혜나 배움이 있는지는 엿보려 하지 않습니다.

스스로 '자신은 옳다'라는 울타리 안에 가두면서요.

삶의 지침이 되는 것 중 하나는 종교입니다.

그런데 대부분의 사람들은

모태 신앙을 계속해서 유지하거나

주변 사람 혹은 누군가의 권유를 통해서 알게 된

종교를 선택하며 생활합니다.

분명 종교는 자기 삶의 토대가 되는 것임에도

스스로 탐구하는 검증의 시간 없이

주변 사람들의 권유를 받아들입니다.

그리고는 2천 년, 3천 년 유지해온 타 종교는

모두 거짓이라 인식하며 배척합니다.

다시 말해 타 종교에 대한 지식은 전혀 없음에도

타 종교는 거짓이라고 생각합니다.

이 모순을 어떻게 이해해야 하는 걸까요?

이제 각각의 종교들에 대한

탐구의 시간을 가져보는 건 어떨까요?

'나'가 전부였던 삶에서

중학교 1학년 때 담임선생님을

다시 뵙고 싶다는 생각을 한 적이 있습니다.

지금 생각해 보면

선생님께서는 학생들을 참 따스하게 대하셨던 것 같습니다.

연세가 많으셨던 선생님께서는 학기 초에

학생들에게 책을 한 권씩 가져오게 하셨습니다.

그리고 그 책으로 교실에 작은 도서관을 만들어

우리들이 늘 책을 읽고 독후감을 쓰도록 권장하셨습니다.

책을 읽는 재미에 푹 빠져서

1학년 여름 방학 때에는 외갓집에 놀러 가서

집에 있는 책들을 모조리 읽기도 했습니다.

그리고는 타성에 젖어 살던 30대 중반에

책 한 권을 만나면서 삶 전체가 바뀌기 시작했습니다.

책은 우물 안 개구리로 살던 저에게

더 넓은 세상을 향해 나아가는 계기가 되어 주었습니다.

그리고 어떻게 하면 더 지혜롭게 살 수 있을까? 하는

고민도 하게 되었습니다.

그 방편으로 한 것이 바로

지혜를 찾아서, 다양한 분야의 책들을 읽으며

지금껏 접해보지 못한 문화권을 여행하는 것이었습니다.

여행은 일상을 떠나 혼자만의 시간을 가지며

새로운 에너지를 얻는 기회입니다.

그래서인지 여행의 진미는

혼자서 하는 것이라는 생각을 하게 됩니다.

가족이나 친구와 함께 가면

서로를 챙기느라 자신을 돌아볼 시간을 갖기 어렵거든요.

그리고 여행을 통해 색다른 삶의 방식이나 문화를 보기 위해서는

가까운 곳보다는 먼 곳이 좋았습니다.

특히나 남미는 지금껏 보아 왔던 것과는

참 많이 다른 문화였습니다.

여행을 하면서 새로운 것을 본다는 것은

흥미롭기도 하지만 신기하기만 합니다.

저는 낯선 그들을 신기한 눈으로 바라보고

그들 역시도 낯선 동양의 방문객인 저를 신기한 듯 바라봅니다.

우린 서로를 구경합니다.

거기에 적의와 경쟁은 없습니다.

오직 호기심과 순수함만이 서로의 눈을 마주하게 됩니다.

나와는 다른 모습뿐 아니라

생각까지도 다른 것을 본다는 것은 실로 놀라운 경험입니다.

나만의 생각이 전부가 아니라는 것을

단박에 알 수 있으니 말입니다.

또한 알고 있는 것들을

너무 과신하지 말아야겠다는 것을 배우게 됩니다.

우린 세상에 태어나는 순간부터 어쩌면,

오류나 실패의 가능성을 가지고 있는 건지도 모르겠습니다.

아무것도 모르는 상태로 세상에 태어나기 때문입니다.

그래서 이를 보완하기 위해 살아가는 많은 날을

배우면서 노력을 하게 됩니다.

그럼에도 자신이 배우지 못하거나 경험한 영역이 아닌

또 다른 영역들에 대해서는 무지할 수밖에 없습니다.

아는 것보다는 모르는 것이 더 많습니다.

개인적으로 완벽하지 않지만

그래도 모르는 것을 보완해주고 채워주는 것이 책이었습니다.

책을 읽으면서 때로는 신기했고

때로는 놀라웠고 때로는 행복했습니다.

책을 읽으면서 시야가 맑아지는 느낌

살아 있음의 생동감을 경험하기도 하였습니다.

그리고 당연하다고 생각했던 고정관념들이

책을 읽는 과정에서 부서져 가는 것을 목격하기도 했습니다.

그래서 마음의 습으로부터

벗어나는 시작점이 되어 주기도 했습니다.

책은 삶의 지침이었고 스승이었습니다.

저는 책을 읽으면서 성장해 왔습니다.

또한 그동안 전혀 몰랐던, 생로병사로부터 자유로워질 수 있는
깨달음의 영역에 대해서도 눈을 뜨게 해 주었습니다.
여행을 하거나 다양한 책들을 읽다 보면
사람들이 진실에 가치를 부여하며
자기 나름대로 열심히 살아가는 모습들에서
사람들은 참 다르다는 것을 느끼게 됩니다.
그래서 경험적으로 체득한 것이라 할지라도
자기만의 방식이 아닌
또 다른 방식도 옳다는 깨달음을 얻습니다.
사람들에게서 각자 견해의 차이, 방식의 차이,
입장의 차이, 가치관의 차이가 있는 것을 보면서
서로 다르다는 다양성을 보고 유연성을 배우게 됩니다.
그리고 자신의 의견이나 견해를 뛰어 넘는
더 많은 고견들이 있음을 알게 됩니다.
뿐만 아니라 자연계나 태양계 등등
우주 만물이 존재하는 섭리에 대해선
'아는 것보다 모르는 것이 더 많다'는 사실을 자각하게 됩니다.
그래서 자신은 우주 속의 작은 티끌이라는 것을요.

이렇듯 여행과 책은 직접 경험할 수 없었던 영역이나
전혀 몰랐던 또 다른 세계에 눈을 뜨게 해주었습니다.

뿐만 아니라 궁금한 것에 대해서도

전문가들의 생각을 엿볼 수 있었습니다.

그러는 과정에서 감사하게도

붓다의 위빠사나 명상을 만날 수 있었고

그리고 세계적으로 위대한

또 다른 스승님들의 가르침도 접할 수 있었습니다.

더 나아가 명상을 하면서

지금까지 살아오면서 슬퍼하고 아파하며 고통스러웠던 경험들은

이 세상을 살아가는 과정에서 배움을 얻을 수 있는

고귀한 기회로 이해되어 다가왔습니다.

그리고 고통은 고통으로서 끝이 아니라

새로운 삶의 영역으로의 방향제시등이라는 통찰이 다가왔습니다.

그러면서 오직 나밖에 모르던, '나'가 전부였던 삶에서

'나'가 전부가 아니라

우리 모두가 '함께'라는 사실을 깨닫게 되었습니다.

이해와 사람이라는 등불

한눈팔지 않고 앞만 보고 열심히 걸어가는 사람도 있고

여기저기 구경하면서, 쉬면서 가는 사람도 있습니다.

약속에 철두철미한 사람은

지각하는 사람들을 이해할 수 없을지도 모릅니다.

술을 마시지 않는 사람은

술 마시고 주정하면서 몸도 못 가누는 사람을

이해하지 못할 수도 있습니다.

깨끗하게 정리가 되어 있어야 된다고 생각하는 사람은

정리하지 않고 사는 사람을

게으르다고 생각할 수 있습니다.

건강에 자신 있다고 생각하는 사람은

아픈 사람의 고통을 모를 수 있습니다.

열심히 일을 해서 자수성가한 사람은

일은 하지 않으면서 부자를 꿈꾸는 사람을

이해할 수 없을지도 모릅니다.

때로는 한 이불을 덮고 자는 사람이지만

이해할 수 없을 때도 있습니다.

그런데 사실은 자신 역시도 누군가에게는

이해하기 어려운 사람인지도 모릅니다.

아니 어쩌면 스스로도

자신이 이해가 안 될 때도 있지 않나요?!

바닷가에 있는 모래는 수를 헤아릴 수 없이 많지만

같은 모습은 없다고 하더군요.

놀랍지 않나요?

그런데 마찬가지로 수십억 사람들도 참 많이 다릅니다.

땀을 흘리면 기분이 좋은 사람이 있는가 하면

몸이 아픈 사람이 있습니다.

라면을 맛있게 먹는 사람이 있는가 하면

라면을 못 먹는 사람이 있습니다.

여름을 좋아하는 사람이 있는가 하면

반대로 겨울을 좋아하는 사람이 있습니다.

수영을 좋아하는 사람이 있는가 하면

물에는 들어가지도 못하는 사람이 있습니다.

물을 마음껏 마실 수 있는 사람이 있는가 하면

물을 양껏 마시지 못하는 사람이 있습니다.

운동을 좋아하는 사람이 있는가 하면

운동보다는 책 보는 것을 더 좋아하는 사람이 있습니다.

기분이 좋을 때나 나쁠 때나

그것을 말로 표현하는 말이 많은 사람이 있는가 하면

말 수가 적은 사람도 있습니다.

아침형인 사람들이 있고 저녁형인 사람들도 있습니다.

또한 겉으로 드러나지 않은 내면의 모습도

다 다른 모습입니다.

자신의 눈으로는 상상할 수도

헤아릴 수도 없는 그런 모습들도 있습니다.

그래서 다른 사람들을 이해한다는 것은

무척이나 어려운 일입니다.

더구나 자기밖에 모르는 이기적인 마음이 귀를 닫으면

그래서 오해하기 원하면 끝없이 오해하도록 만들고

미워하기 원하면 끝없이 미워할 수밖에 없도록 만듭니다.

그리고 누군가를 좋아하거나 사랑하게 되면

그래서 눈에 콩깍지가 씌었다면

앞(눈)이 가려져 잘못을 해도 분간하지 못하며

불공평을 야기하기도 합니다.

마음이란 것이 이러니

이해와 사랑이라는 등불을 밝히지 않으면

다른 사람들을 이해한다는 것이 무척이나 어려운 일일 수밖에요.

배움의 끝은 없다

애들 아빠의 사업 실패로 3만 원짜리 월세 단칸방에 살던

매우 가난했던 시절이 있습니다.

그때는 배가 좀 고프면 허기가 져서 견디기가 힘들었습니다.

그런데 시간이 지나 경제적인 여유를 찾았을 때는
배가 좀 고파도 견딜 만하다는 것을 느낄 수 있었습니다.
뿐만 아니라 서운한 일을 당하더라도
경제적인 여유가 있을 때는
생각 없이 쉽게 지나쳐버릴 수 있지만
경제적인 여유가 없을 때에는 작은 서운함도
'내가 (돈이) 없이 사니까 이러나?' 하며 상처로 남았습니다.

이렇듯 마음이란 것은, 같은 것도 상황에 따라서
다르게 이해하며 받아들이고 있었습니다.
부모가 되어서야 부모님을 좀 더 이해할 수 있듯이
삶의 다양한 경험들을 통해서
우린 더 많은 것들을 배우며 성장하게 되네요.
그래서 '배움엔 끝이 없다'는 생각을 해 봅니다.

또 다른 '나'의 모습

욕심을 부린다고 미워할 수 없습니다.
남을 배려하지 않다고 흉볼 수 없습니다.
무지하다고 무시할 수 없습니다.

책임감이 없다고 야단칠 수 없습니다.

약속을 지키지 않는다고 화낼 수 없습니다.

잘난 척한다고 싫어할 수 없습니다.

낭비가 심하다고 흉볼 수 없습니다.

친절하지 안다고 미워할 수 없습니다.

게으르다고 나무랄 수 없습니다.

양보심이 없다고 질책할 수 없습니다.

남의 흉을 본다고 싫어할 수 없습니다.

업무 능력이 떨어진다고 무시할 수 없습니다.

질서를 지키지 않는다고 미워할 수 없습니다.

피해를 보았다고 화낼 수 없습니다.

왜냐하면 또 다른 '나'의 모습이기 때문입니다.

기다림

기다림은

자신에게로 돌아가는 시간입니다.

지하철을, 버스를 기다리는 시간은

자신에게로 돌아가는 시간입니다.

엘리베이터를 기다리는 시간은
자신에게로 돌아가는 시간입니다.
식당에서 밥을, 카페에서 차를 기다리는 시간은
자신에게로 돌아가는 시간입니다.
미술관에서 영화관에서 기다리는 시간은
자신에게로 돌아가는 시간입니다.
친구를, 사랑하는 사람을 기다리는 시간은
자신에게로 돌아가는 시간입니다.
늦은 밤 사랑하는 가족을 기다리는 시간은
자신에게로 돌아가는 시간입니다.
기다림은 외로움도 지루함도 아닙니다.
진정 자신을 사랑하며 행복할 수 있도록
자신에게로 돌아가는 시간입니다.

하늘이 보내 준 선물!

30대 중반이었던 것 같습니다.
어느 날 거울을 들여다보니까 이마에 주름살이 생겨 있었습니다.
'아니~! 이 나이에……'
거울을 한참 들여다보았습니다.

여러 가지 얼굴 표정도 지어보면서

자세히 주름살을 보았습니다.

난시로 인해 찡그리는 것 때문에

미간에도 주름이 생기기 시작했습니다.

계속 거울을 바라보다가 특별한 표정을 지을 때

이마에 주름이 만들어지는 것이 보였습니다.

그래서 그 표정을 안 하기로 마음먹고 노력을 하였습니다.

난시로 인한 미간 주름은 어쩔 수 없지만

그래도 노력하면 깊게 패이는 주름은

막을 수 있을 것 같았습니다.

그 노력의 결과로 60대 중반의 나이지만

이마에 큰 주름이 없습니다.

그러나 말을 할 때나 음식을 먹기 위해서 움직일 때

생겨나는 입가의 주름은 어쩔 수가 없네요.

아들에게 이마에서 주름살을 없앤 이야기를 해 주었더니

아들이 하는 말,

"알고 있었어요."

헉~!! 너무 놀랐습니다.

"어떻게 알았어?"

"그때 엄마가 거울 보고 있는 거 봤어요."

25년보다도 더 오래 전이니까 아들이 초등학교 다닐 때입니다.
아이들은 부모가 어떻게 살아가는지
양심적으로 성실히 살아가고 있는지, 아닌지
가장 가까운 곳에서 속속들이 지켜보면서 정확히 알고 있었습니다.
그래서 엄마와 아빠의 속내까지 속속들이 다 알고 있다는 거죠.

'자신을 지켜보는 눈~! 무섭지 않나요?'

자신을 속이지는 못하는 것만큼이나 자녀들을 속일 수 없습니다.
아이들은 다 압니다.
엄마가, 아빠가 어떤 사람이라는 것을요.
그래서 아이들이 세상에서
'가장 어려운 사람'이라는 생각을 하게 되었습니다.
아이들이 엄마 아빠의 속내를 다 알면서도 존경한다면
그래서 자녀들에게 존경 받는 엄마 아빠라면
성공적인 '삶이 아닐까?!' 하는 생각을 해 봅니다.

자식은 자기 삶의 목격자이기도 하지만
참 많은 걸 배우게도 합니다.
또한 자식은 삶의 버팀목이 되기도, 의지처가 되기도 합니다.
부모는 자식을 키우면서 진짜 어른이 되어 갑니다.

자식은 하늘이 보내 준 선물입니다.

공정한 세상

법당 창가 쪽에서 걷기 명상을 하는데
옆에서 걷기 명상을 하시는 분이 제게 이런 말씀을 하시네요.
"옆으로 왔다갔다하니까 망상이 올라와요. 다른 데 가서 하세요."
"네."
물론 '제가 왜 자리를 옮겨야 되죠?' 혹은 '싫어요.'라고
말을 할 수도 있었지만
저는 아무 말 없이 자리를 옮겨
다른 곳에서 걷기 명상을 계속하였습니다.
그리고 며칠 후 냄새와 먼지에 취약했던 저는
모기약과 소독약 그리고 낙엽과 쓰레기를
태우는 냄새를 견딜 수 없어서
다시 창가 쪽으로 돌아올 수밖에 없었습니다.
그런데 다행이도 저에게
'다른 데로 가서 하세요.'라고 하신 분이
아무 말 없이 다른 데로 가서 걷기 명상을 하시네요.
베푼 것이 있으니 필요할 때 돌려받았다고 할까요?!

이 외에 다른 여러 가지 도움도 받았습니다.

제가 좋아하는 사과나 과일들도 주셨습니다.

만약 '다른 데 가서 하세요.'라는 말에

'싫어요.'로 반응했다면

둘 사이의 관계는 도움을 주고받는 관계가 아니라

보기만 해도 불편한 관계가 되었겠지요.

'세상에 공짜는 없다.'는 말을 들으면 어떤 느낌인가요?

개인적으로 명상을 하기 전에는 이 말을

다른 사람들을 경계해야만 하는 것으로 이해하고 있었습니다.

원하는 거 없이 베푸는 사람은 없을 거란 생각으로

'내 이익'에만 집중을 했던 거죠.

그래서 세상은 참 삭막하다고 생각했습니다.

그런데 공짜는 없이 이해하면 이해로 돌려받고

용서하면 용서로 돌려받고

사랑하면 사랑으로 돌려받고 등등

베푼 대로 돌려받으면

도리어 공정한 세상이란 생각을 하게 되네요.

그래서 선을 베풀었다면 기쁘고 행복한 일로

그리고 안타깝지만, 악을 베풀었다면 고통스러운 일로요.

제가 존경하는 데이비드 호킨스 스승님은 이렇게 말씀하셨습니다.
"하늘은 머리카락 하나 빠지는 것도 다 기록한다."
참으로 무서운 말입니다.
그래서 누군가를 아프게 한다는 것은
무척이나 무서운 일입니다.
왜냐하면 자신 역시도 그만큼 아플 것이기 때문입니다.

있을 때보다 잃고 나서야

고아로 살아온 사람은
세상에 의지처 없이 혼자라는 느낌으로 살면서
가족과 함께 살 수 있다는 것이
무척이나 감사한 일이라는 것을 알고 있습니다.
안타깝지만, 우린 있을 때보다는 없을 때
더 많은 걸 배우기도 합니다.

사랑하는 사람들과 함께 긴 시간을 보내다 보면
그들과 함께하는 일상은 당연하다는 생각을 하게 됩니다.
시간이 흘러흘러
이런저런 이유로 사랑하는 사람들이 곁을 떠나가면

그때서야 그들의 소중함을 절실히 깨닫게 됩니다.
안타깝지만, 우린 곁에 있을 때는 모르다가
그들이 떠나고 나서야 더 많은 걸 배우기도 합니다.

사건 사고로, 혹은 병으로
전처럼 살아갈 수 없는 사람들은
평범한 일상이 너무나 소중한 시간이었다는 것을
절실히 깨닫게 됩니다.
안타깝지만, 우린 평소에는 당연한 것으로 여기다가
잃고 나서야 더 많은 걸 배우기도 합니다.

강자 앞에게 무례하게 행동하는 사람은 없습니다.
그러나 자신보다 나약한 존재들에게는
절제하지 않고 있는 그대로 생긴 그대로 행동합니다.
다시 말해 어린 아이나 아랫사람처럼
힘이나 세력이 없는 약자들 앞에서는
자신의 본래 모습을 보입니다.
그래서 다른 사람들은 배려하기보다는
아름답지 않은 행동을 하기도 합니다.
그런데 강자가 모든 것을 잃게 된다면, 어떤 심정일까요?
돈과 능력을 과시하던 사람이

몸은 병들고, 기력이 없는 노인이 되어서

애석하게도 모든 돈과 능력을 잃어버린다면 어떤 느낌일까요?

더구나 자신이 괴롭혔던 사람이

강자로 성장해서 다가온다면 어떤 심정일까요?

계속 강자라면 배우지 못할 것들을 배우게 됩니다.

안타깝지만, 우린 있을 때보다는 잃고 나서야

더 많은 걸 배우기도 합니다.

자신은 자신이 만들어 온 것이다

온종일 비가 오락가락하니까 어떤 나이 드신 분이

"올 테면 오고 말려면 말지, 장난하는 것도 아니고."

라고 말합니다.

화를 내는 것이 습관이 되다 보니

하늘이 하는 일에도 화를 내고 있습니다.

이렇게 무엇이든 원하는 대로 되지 않으면

화부터 내는 사람이 있습니다.

"화를 내면 몸이 힘들어집니다. 화 내지 마십시오."

라고 말을 하니,

"내가 부처님인가요. 사람이 어떻게 화를 안 내요?"

그러나 부처님께서도 처음에는 부처님이 아니었습니다.

누구든 화내는 것을 당연한 것으로 행동하지 않는다면

그래서 몸과 마음을 알아차리면

부처님처럼 화내지 않을 수 있습니다.

그런데 화내는 사람은 아기로 태어났을 때부터 화를 냈을까요?

지금의 모습이 어떠하든

자신은 자신이 만들어 온 것입니다.

자신이 자신을 고통스럽게 한다

자신만 옳다고 생각하는 마음이

자신을 더 고통스럽게 합니다.

자신은 베풀 만큼 베풀었다고 생각하는 마음이

자신을 더 괴롭힙니다.

자신만 손해 본다고 생각하는 마음이

자신을 더 슬프게 합니다.

자신만 특별하다고 생각하는 마음이

자신을 더 외롭게 합니다.

자신은 참을 만큼 참았다고 생각하는 마음이

자신을 더 분노케 합니다.
자신만 운이 없다고 생각하는 마음이
자신을 더 아프게 합니다.
자신의 잘못을 자책하는 마음이
자신을 더 고통스럽게 합니다.

빈손으로 왔다가 빈손으로 간다?

명상에 관심이 있으신 분이 이런 말씀을 하시네요.

"빈손으로 왔다가 빈손으로 간다는데
나이 70이 넘으니 자꾸 아파서 생각이 많습니다.
제가 죽으면 집사람이 나 없이도 잘 살 수 있도록
이런저런 준비를 하고 있습니다.
20일만 산다고 하면 굶으면서 빨리 가면 되는데……"

그런데 '빈손으로 왔다가 빈손으로 간다.'는 이 말에서
우리가 꼭 기억해야 할 것이 있습니다.
빈손으로 와서 70년, 80년, 90년을 살면서
감사함을 느낄 수 없을 정도로 당연한 것이 되어 버린

하루 세 끼 먹고 입고 잠자고
따뜻한 태양과 눈 그리고 상쾌한 바람과 비로 도움을 받은
많은 감사한 일들에 대해서는
어떻게 그 빚을 갚아야 하는 걸까요?

'지금 이 순간'은 소중한 시간

오래 전으로 기억합니다.
먼 친척이 갑자기 교통사고로 돌아가셨다는 소식을 들었습니다.
건강하시던 분과의 갑작스러운 이별에
장례식장을 다녀오신 분들은
하나같이 그분의 죽음을 안타까워하며 애도하였습니다.
더욱이 안타까웠던 이유는
젊은 나이에 가난하지 않음에도
망자의 옷들이 떨어져서 꿰매고 꿰맨 것을
입고 있었기 때문입니다.
오늘에 충실하기보다는 대면할 수 없는 미래를 위해서
아끼고 아끼면서 미래만을 꿈꾸다가 갑자기 떠나간 망자.
어떻게 살아야 하는 걸까요?

삶의 매 순간 순간마다 행복하지 않다는 생각이 들어도
지금 이 순간을 지켜보며 알아차리면서 살다 보면
훗날 '지금 이 순간'은 소중한 시간으로 기억될 것입니다.
그러나 지금 이 순간을 살지 않으면
삶은 도둑맞은 것처럼 공허한 것이 되겠지요.

같은 세상을 다르게 바라본다

세상이란
누군가로부터 상처를 받았다면
세상은 또 다른 상처를 받을까 봐 두려운 곳이 되고

누군가로부터 격려를 받았다면
세상은 많은 사람들과 함께 사랑을 나누는 아름다운 곳이 됩니다.

좌절과 슬픔을 많이 경험하고 있다면
세상은 언제 코 베어갈지 모르는 불행한 곳이 되고

즐거움과 기쁨을 경험하고 있다면
세상은 누구에게라도 미소를 보낼 수 있는 아름다운 곳이 됩니다.

그런데 삶에 지쳐서 고단하다가도
길가에 핀 꽃에서 나오는 꽃향기를 맡게 되면
얼굴에 환한 미소가 번집니다.

매우 서글프다가도
그립고 그리워하던 사랑하는 사람을 만나면
얼굴에 환한 미소가 번집니다.

불행하다고 생각하다가도
순간 자신이 원하던 것이 이루어지면 세상은 아름다워 보입니다.

세상은 경험되는 대로 느껴집니다.
사실이나 진실과는 관계없이
마음속의 내용물과 같은 모습으로 느껴집니다.

그래서 누구에게는 더러운 세상이 되고
누구에게는 아름다운 세상이 되고
같은 세상을 보면서도 서로 다르게 바라봅니다.

그럼에도 어떤 사람들은 시련 가운데서도 절망보다는
희망을 보는 사람들이 있습니다.

다른 사람들의 단점보다는 장점을 보며
따뜻한 정을 나누는 사람들이 있습니다.

삶은 고귀한 경험

중학교 2학년 때 전국체전에서 마스게임을 한 적이 있습니다.
2학년 전체가 매일 운동장에서 마스게임을 연습했는데
지금도 기억이 날 정도로 무척이나 힘이 들었습니다.
운동장의 흙은 깨끗한 손으로는 만지고 싶지 않은 시절이었습니다.
그런데 햇볕이 내리 쪼이는 운동장에서 뒹굴며
오랜 시간을 보내다보니 운동장이 편안하게 느껴졌습니다.
옷이나 손에 조금이라도 흙이 묻으면
깔끔을 떨며 털어버리던 친구들도
스스럼없이 운동장에 앉고 누웠습니다.
전국체전에서 실수하면 안 된다는 각오로 열심히 하다 보니
처음에는 매우 지치고 힘들었던 것이 적응되면서
서서히 견딜 만해졌습니다.
그리고 실수가 반복되어 선생님께 혼이라도 날라치면
3학년 선배님들이
운동장에서 살다시피 하며 고생하는 우리들이 불쌍하다고

교실 창문으로 손을 흔들어 보이며 응원을 해주었고
선생님들께서도 많은 부분에서 양해를 해 주셨습니다.
그렇게 전국체전에서 마스게임을 끝내고 나니
서운한 마음마저 들더라고요.
그러고 나서 알았습니다.
뭐랄까? 최선을 다하고 난 다음의 느낌이랄까?
2학년 전체가 한 동작 한 동작을 한마음으로 해내고 나서
뭔가를 이룩해 낸 성취감도 있었지만
몸과 마음이 전과는 달라졌다는 것을요.
물론 처음 단련의 과정에서는 많이 힘들었지만
몸은 절도 있는 동작들을 감당할 수 있게 되었고
마음도 전과는 다르게 더 성숙해졌습니다.
그리고 마스게임의 배경음악이던
'소녀의 기도'는 계속 잔잔한 감동으로 다가왔습니다.
힘은 들었지만 지금도 기억에 남을 정도로
고귀한 경험이었습니다.

살다 보면 외면하거나 도망치고 싶은
어려운 고통의 순간들과 마주하게 됩니다.
그런데 성취감 같은 것은 쉬운 일을 하고나서보다는
어렵고 힘든 일을 하고 난 후에 느낄 수 있는 감정입니다.

힘든 것을 견뎌 내면 성취감뿐만 아니라
감동, 기쁨, 만족감, 즐거움 등의 행복을 경험하게 됩니다.
고통은 자신을 단련하는 시간입니다.
그래서 고통은 힘들지만 더 행복할 수 있는 기회입니다.

사실 삶이 너무나 고통스러워서 명상을 시작하게 되었습니다.
그리고 너무 아파서 포기할 수 없었습니다.
경험적으로 보면 고통은 도리어 행복으로 다가가는 문이었습니다.
고통이 없었다면 이 자리에 있을 수 있었을까를 생각해 보면
고통조차도 고맙습니다.
물론 다시는 겪고 싶지 않지만
고통은 저를 참 많이도 성장시켰습니다.

우리 가운데 고통 없이 사는 사람이 있을까요?
고통은 생명체가 존재하는 방식입니다.
그럼에도 너무나 고통스러워서
비켜갈 수 없는 고통임에도 거부한다면
삶은 더 고통스러울 뿐 달라질 것은 없습니다.
중요한 건, 고통에 어떤 마음으로 접근하느냐 입니다.
다시 말해 고통에 어떻게 반응하느냐 입니다.
고통으로부터 도망치거나 고통으로 되돌려주는 것이 아니라

성장의 기회로 사용되어 승화되었을 때
삶은 고귀한 경험이 됩니다.
다른 사람들과 어우러져 평화롭게 소통하는 방식을 배우며
고통의 한계를 뛰어넘어 초월할 수 있을 때
더 큰 성장을 경험하게 됩니다.

삶의 지표

오래 전 회사를 다닐 때였는데
집에서나 회사에서나 무척 심한 스트레스를 받았습니다.
가슴이 답답하여 견딜 수가 없었지만
어디 하소연할 곳도 없었습니다.
사방이 막혀 있다는 느낌이었습니다.
퇴근길에 소주 한 병을 샀습니다.
주량이라고는 소주 2잔이었는데
소주 반병을 마시고 바로 잠자리에 누웠습니다.
그리고 얼마나 시간이 흘렀는지 모르겠습니다.
머리가 빙글빙글 돌고 구토가 나기 시작하였습니다.
먹은 것을 다 토해 내고
"나는 너무 힘들어~!"

"사는 게 너무 힘들어~!" 하며 계속 울었습니다.
몸도 많이 아팠고 마음도 많이 아팠습니다.
그러나 누구 하나 마음을 터놓고 따뜻하게
이야기를 나눌 만한 사람도
믿고 의지할 만한 사람도 없었습니다.

직접 먹어보지 않으면 사과의 참 맛을 느낄 수 없듯이
배가 고파보지 않은 사람은
배고파 고생하는 사람의 고통을 이해하기 어렵고
몸이 아파보지 않은 사람은
아픈 사람의 고통스러움을 이해하기 어렵습니다.
박대를 당해보지 않은 사람은
박대를 당하는 사람의 처절한 아픔을 이해하기 어렵고
소외당해 보지 않은 사람은
소외당하는 사람의 서러움을 이해하기 어렵습니다.
가난에 찌들어 고통스럽게 성장한 사람은
결코 가난한 배우자를 선택하지 않습니다.
그들에게 가난은 자신의 고통을 기억나게 하기 때문입니다.
배우지 못한 것이 한으로 남아 있는 사람은
학교는 아픔을 부르는 고통의 장소이면서
대학가는 낭만의 거리가 아니라 접근 금지구역처럼 느껴집니다.

술주정뱅이 아버지로부터 고통을 받고 자라난 사람에게
술주정뱅이 배우자는 견딜 수 없는 고통입니다.
누군가에게 배신을 당한 사람은
다가오는 사람들이 경계의 대상이 되고
부모에게 보호받지 못하고 사랑을 받지 못한 사람은
평생을 사랑에 굶주린 채로 아파합니다.
이렇듯 우리는 아프고 아픕니다.

그런데 이러한 아픔들은
일생을 살아가는 동안 아물지 않는 상처가 되어
살아가면서 누군가 살짝만 건드려도
견딜 수 없는 분노가 되거나
아니면 가슴 저리는 아픔으로 다가옵니다.
아픔의 상처인 삶의 상황들을 만나게 되면
쉽게 인내력의 한계를 느낍니다.
삶이 점점 더 고통스럽습니다.

그런데 과연 아무런 고통 없이 살아가는 사람이 있을까요?
아마도 고통 없는 사람은 없을 것입니다.
대부분의 우리는 조금이든 많이든 아프고 아픕니다.
그런데 우리들은 자신만 아프다고 생각합니다.

그러다 누군가로부터 괴롭힘을 당하게 되면
자신의 정당성을 주장하며 되돌려주기를 합니다.
그러면서 '너와 나'라는 경계를 만들고
내 편과 네 편으로 편 가르기를 하면서
서로에게 더 큰 상처를 안겨줍니다.

그런데 명상을 하면서
몸과 마음이 정화되고 치유가 되면서 알게 되었습니다.
세상이 아름다워 보이는 것은
마음의 내용물이 아름답기 때문이며
사람들이 사랑스러워 보이는 것은
마음에 사랑이 가득하기 때문이라는 것을요.
그래서 슬픔도 고통도 보는 이의 마음속에 있고
행복도 보는 이의 마음속에 있다는 것을요.
이유야 어찌되었건 마음의 내용물 속에 괴로움이 많으면
세상은 분노하는 세상으로 보이고
마음의 내용물 속에 부정성이 많으면
누구도 믿을 수 없는 세상으로 보입니다.
모든 것들이 잘못된 것으로 보입니다.
때문에 세상을 저주하게 되고 누군가를 원망하게 됩니다.
그런데 이런 고통으로부터 벗어나고 싶지만 쉽지 않습니다.

사실 마음속을 들여다보면

이해, 배려, 연민, 용서, 사랑, 기쁨, 고요, 평화

이런 긍정적인 감정만 있지 않습니다.

원치 않지만 질투, 원망, 시기, 분노, 슬픔, 미움, 두려움,

원한, 우울 등의 감정들도 함께 있습니다.

우리들은 다른 사람들이 잘못하는 것을 보고

미워도 하고 분노하지만

사실 자신도 실수하고 잘못을 합니다.

그래서 우리들이 실수하고 잘못을 하는 것은

어쩌면 당연한 것일지도 모르겠습니다.

불행은 이러한 상황들에 어떻게 반응하느냐 입니다.

다시 말해 불행은 우리들의 잘못된 행위로 인해서이기보다는

이것을 풀어내는 과정에서

질책, 분노, 원망, 책망, 미움, 욕심, 짜증, 집착 등의

감정들로 반응한 결과물입니다.

이러한 감정들로 반응하면

결국 더 불행할 수밖에 없기 때문입니다.

누구든 모르는 것은 이해할 수 없습니다.

그러나 자신이 모른다고 해서, 이해할 수 없다고 해서

그것이 잘못이라는 뜻은 아닙니다.

우리들은 아는 만큼, 성숙도만큼 이해할 수 있습니다.

그 이상은 이해할 수 없습니다.

이해하려고 해도 할 수가 없습니다.

능력 밖의 일이기 때문입니다.

그런데 많은 시간이 흐른 후 좀 더 성숙해지면서

이해할 수 없었던 것들이 이해로 다가옵니다.

좀 더 이해하지 못했음이 후회로 다가옵니다.

그리고 갑작스러운 이별이나 죽음이 다가오면

잘해준 것보다는 도리어 이해하지 못하고 용서하지 못한

그래서 더 잘해주지 못한 것에 대한 자책감으로

스스로 죄인을 자처하게 되기도 합니다.

잘잘못에는 의미가 없음을 깨닫게 됩니다.

오직 이해와 용서, 그리고 사랑만이

삶의 지표임을 깨닫게 됩니다.

아이들이 키가 자라듯이 우리들도 매일매일 성장하고 있었습니다.

우리 모두는 성장 과정 중에 있다는 깨달음이 다가옵니다.

행복은 고통을 분노로 되갚아 준다고 해서 오는 것이 아니라

이해와 용서로 그리고 사랑으로 승화시켰을 때

가능하다는 통찰이 다가옵니다.

우리 중에 완벽한 사람은 없습니다.

따라서 누구나 이해와 용서가 필요하고 사랑이 필요합니다.

잘나서 이해하고 용서하는 것이 아니라

자신 역시도 잘못을 하기 때문이며,

부딪히며 함께 살아가기 위해서는 선택이 아닌 필수입니다.

그리고 싫어함이나 미워함이 언제 이해로 다가와

그리움으로 사랑으로 변환될지 모릅니다.

미움은 갈등을 낳고 폭력은 고통을 낳을 뿐입니다.

우리는 실수를 통해서도 배우지만, 잘못을 통해서도 배웁니다.

그래서 분노나 질타가 아닌 이해로 사랑으로 다가갈 때

더 잘할 수 있고 더 행복할 수 있습니다.

우리 모두는 성장 과정 중에 있습니다.

그래서 기다림이 필요합니다.

함께하는 이들이 좀 더 성장할 수 있도록요.

5장

당신은 아름다운 사랑입니다

우린 무엇을 꿈꾸며 살고 있는 걸까?

'세계에서 제일 잘 사는 나라는 어디인가요?'

라고 어떤 이에게 질문을 하니까,

자신 있게 '미국입니다.'라고 대답을 합니다.

'그러면 가장 행복한 나라는 어디인가요?'

라고 다시 물으니 '부탄입니다.'라고 대답을 합니다.

'그러면 어디에서 살고 싶어요?'

라고 다시 되물으니

'……'

대답이 없네요.

그가 진정 원하는 것을 무엇일까요?

아니 우린 무엇을 꿈꾸며 살고 있는 걸까요?

내면의 '나'는 어떤 모습일까?

사람들은 말합니다.

꽃은 수수하면서도 은은한 초롱꽃이 좋고

음식은 당근이나 김치를 좋아하고

과일은 사과와 블루베리를 좋아하고

운동은 농구와 배드민턴을 좋아하고

자동차는 흰색이 좋고

옷은 편안하면서 조금은 정장 느낌이 나는 것이 좋고

색은 베이지색이나 검정색을 좋아하고

신발은 캐주얼화가 좋고

머리색은 갈색으로 물들이는 것이 좋고

몸은 날씬한 것이 좋고

저 사람은 엉큼해서 싫고

이 사람은 착해서 좋고 등등요.

그렇다면 거울 속에 보이는 겉모습이 아닌

내면의 '나'는 어떤 모습일까요?

무엇에 가장 열중하면서 살고 있나요?

무엇을 할 때 가장 행복하고

화가 나거나 스트레스를 받을 때면

마음은 어떻게 반응을 하고 있나요?

혹시 고통의 감정에 휘둘리며 사는 건 아닌가요?

자신이 고통스러울 때는

왜 고통스러운지

고통의 진원지는 무엇인지 알고 있나요?

자신을 안다는 것은 무척이나 어려운 일입니다.

세상에 태어나는 순간부터 많은 시간을 자신보다는

보이고 들리는 것들에게 집중을 해 왔으니

그래서 자신의 머릿속에는 자신보다는

다른 사람들의 이야깃거리나 지식으로 가득 채워져 있으니

자신을 모르는 것은 어쩌면 당연한 것인지도 모르겠습니다.

그런데 자신을 모르면서

자신에게 집중하지 않으면서 행복할 수 있을까요?

산다는 것은 지금 이 순간뿐

아침 식사를 준비하다가 실수로

냄비 뚜껑을 발등에 떨어뜨렸습니다.

순간 너무 아파서 잠시 발등을 감싸고 있었습니다.

그런데 잠시 후 다시 식초병 뚜껑을 떨어뜨리고
오후에는 볼펜을 떨어뜨리고, 벽에 어깨를 부딪쳤습니다.
저녁에는 계약서를 작성할 일이 있었는데
제게는 더 이상 선택의 여지가 없다고 생각되어
원치 않는 조건으로 계약을 하고 말았습니다.

오늘은 뭔가에 계속 부딪치는 날이었습니다.
이런 날 누군가와 부딪혀 언쟁을 하게 되면,
우린 보통 불같이 '화'를 냅니다.
그리고는 '너 때문이야.'라고 말하며
상대의 실수나 잘못을 비난하고 자신을 방어하게 됩니다.
그러나 사실, 오늘은 상대와는 관계없이
원래 조금은 더 힘든 날입니다.
다시 말해 누구를 만나든 자신이 좀 힘든 날입니다.
그래서 자신을 단속하는 날로 생각하는 것이 좋습니다.
공연히 상대에게 화를 내며 힘을 쏟기보다는
마음을 지켜보며 알아차리는 것이 좋습니다.
그렇지 않을 경우 짜증나고
힘든 시간이 계속될 것이기 때문입니다.

그런데 시간이 흐른 며칠 후

불리한 계약을 할 수밖에 없다고 생각을 했던 이유가
사실은 너무 서두른
본인의 잘못도 있었다는 것을 알게 되었습니다.
그동안 상대가 철저하지 못해서 공연히 고생을 한다며
오해하며 원망하고 있었는데 말입니다.
미안해서 어쩌죠!
그러니까 늘 다른 사람들의
실수나 잘못을 바라보며 원망하기보다는
자신을 지켜보며 알아차리는 것이 좋습니다.

살다 보면 어느 날은 여기저기서
안부 인사를 전해오고 좋은 소식이 들려옵니다.
모든 일이 물이 흐르듯 자연스럽게 잘될 때가 있습니다.
그러나 원치 않는 불편한 상황들을 접할 때도 있습니다.
이럴 경우 계속해서 분노로 반응을 하게 되면
이것은 습관이 되고
삶의 내용은 분노 그 자체가 되어 버립니다.
그러면 좋은 날이 다가와도 마음은 분노에 잠식되어
기쁨을 온전히 인식할 수 없는 상태가 되어 버립니다.
그러면 삶은 메마르고 건조해서 환하게 웃을 수 없는,
그래서 쓴 미소를 지어야만 하는 것이 되겠지요.

분명 나름대로는 잘 살기 위해서
더 행복하기 위해서 노력하고 있으면서도 말입니다.

산다는 것은 지금 이 순간입니다.
다시 말해 산다는 것은
지금 이 순간에 존재하는(알아차리는) 것입니다.
지금 이 순간에 과거를 다시 경험할 수도,
미래를 지금 경험할 수도 없습니다.
오직 지금 이 순간만을 살 수 있을 뿐입니다.
그러나 마음은 자꾸 과거나 미래를 넘나들며
시간 여행을 하려 합니다.
마음은 늘
여러 가지 흥밋거리뿐 아니라 걱정이나 근심으로
'지금 이 순간'으로부터 탈출하려는 시도를 끊임없이 합니다.
뿐만 아니라 마음이 순간순간 만들어 내는
아픔의 감정들에 치이다 보면
많은 시간을 '힘들다.'와 '바쁘다.'를 외치고 아파하면서
무엇인가에 이끌리듯이 살아가게 됩니다.

이렇게 시간을 보내다 보면
어느새 일주일이 가고 한 달, 두 달이 가고

그리고 1년, 2년, 10년이 가버립니다.
그러다 어느 날 늙음이란 것이 다가오면
인생이 공허하다고 좌절하며 고통스러워합니다.

명상을 하기 오래 전
어느 날 아침에 출근을 하는데
마침 아침 햇살이 아름답게 떠오르고 있었습니다.
그 태양을 바라보면서 순간,
'내가 죽어도 저 태양은 떠오르겠구나'라는 생각으로
허탈감과 함께 존재의 가치가 없는 사람으로 느껴져서
한동안 무척이나 고통스러웠던 기억이 있습니다.

이렇게 마음은 고통을 만드는 놀라운 재주꾼입니다.
그래서 더 이상 고통의 감정이 삶의 주인공이 되지 않도록
지금 이 순간을 온전히 느끼면서
몸과 마음을 알아차리는 것이 좋습니다.
기쁨이든 고통이든 마음에서 일어나는 감정들을
있는 그대로 계속해서 지켜보며 알아차리면
그 감정에 휘둘리지 않고 당당히 마주하게 됩니다.
그러면 고통으로부터 점점 더
자유로워져 가는 것을 느낄 수 있습니다.

그래서 매일매일은

몸과 마음을 지켜보면서 알아차리는 날입니다.

누군가의 밀침으로 들고 있던

소중한 물건이 파손되었을 때 일어날 수 있는 분노

부당한 대우를 받으면 일어날 수 있는 분노

누군가가 자존심을 건드리면 일어날 수 있는 분노

피해를 보면 일어날 수 있는 분노

억울하면 일어날 수 있는 분노 등등

일상에서 좋아하고 싫어하는

감정이 일어날 수 있는 모든 순간들을

도리어 몸과 마음을 지켜보며 알아차리는

연습을 할 기회로 이용하는 것이 좋습니다.

살다 보면 이런저런 사람들을 만나게 되는데

물론 착한 사람도 만나지만 욕심쟁이도 만나고,

화내는 사람, 누군가를 비난하는 사람,

이기적인 사람도 만나게 됩니다.

그래서 매일은 이해하기, 배려하기,

용서하기, 져주기를 연습하는 날입니다.

만약 이기적이거나 폭력적인 사람을 만나

피해를 보았다고 해서 같은 방식으로 행동한다면

행복한 삶은 불가능할 테니까요.

용서는 자신을 구원하는 방법

정신적으로 큰 아픔을 준 사람을
폭력으로 평생 잊을 수 없는 고통을 안겨준 사람을
자신을 사지로 내 모는 사람을
용서하기는 참으로 어렵습니다.

이런 경우 안타깝게도
피해자들은 그 고통의 기억 속에서 벗어나지 못한 채로
평생을 아파해 합니다.
몸도 많이 아프고 마음도 너무 아파서
용서를 하려고 해도, 용서가 되지 않습니다.
도리어 눈물과 함께
비난과 원망의 소리가 자꾸만 쏟아져 나옵니다.
저 역시도 이 지점에서 더 이상 나아가지 못하고
좌절하기를 수없이 반복했습니다.
자신 역시도 수없이 많은 생명체들을 괴롭혔음을 알면서도
저를 아프게 한 사람은 용서가 되지 않았습니다.

그래서

'모든 생애에 저로 인해 고통스러웠을
모든 존재들이 평안하고 행복하기를 빕니다.
저에게 고통을 가한
모든 존재들이 평안하고 행복하기를 빕니다.'

이 구절을 수없이 반복하여 되새기며
고통스러워하는 마음을 지켜보며 알아차렸습니다.
결국 피해자로서의 고통이란
가해자와의 문제가 아니라
자기 마음과의 문제라는 깨달음이 다가왔습니다.
피해자는 가해자로 인해서 아프다고 울부짖지만
사실은 스스로 고통을 부여잡고 있기 때문이었습니다.
즐거움을 잡고 있는 것도 마음이고
아프다거나 슬프다거나
고통을 부여잡고 있는 것도 마음이었습니다.
때문에 자신이 평안하기 위해서는
그 고통의 감정 속에서 빠져나오기 위해서는
상대방과는 관계없이 이유 불문
이해, 용서, 평안, 평온, 고요, 기쁨, 행복, 사랑, 평화 등과 같은 감정 속에서 머물기 위한 노력을 해야만 합니다.
아픔의 결과물인 비난, 원망, 질책, 분노 등과 같은
감정 속에서는 결코 행복할 수 없기 때문입니다.

우리가 이 세상에 온 이유는
누군가와 싸우기 위해서가 아니라 성장하기 위해서입니다.
그런데 이것을 실천하기가 어렵습니다.
다시 말해 고통으로부터 벗어나기 어려운 이유,
악순환이 계속되는 이유는
상처 받은 마음은 자신의 감정을 털어버리고
이해로, 용서로 반응하기가 매우 어렵기 때문입니다.
그러나 꼭 기억해야만 하는 것은
늘 고통을 기억하는 마음으로 인해서
자신을 피해자로만 생각을 한다면
고통의 늪에서 영원히 벗어날 수 없다는 것입니다.

모든 사람들은 늘 사랑 받기를 소망합니다.
잘못을 할 때조차도 이해받고 용서받으며
무조건 사랑받기를 소원합니다.
그런데 다른 사람을 이해하고 용서하지 않으면서
자신은 용서받기를 소망하는 것은 아름답지 않습니다.

208

또한 다른 사람에게 양보하거나 베풀지 않으면서

자신은 사랑받기를 소망하는 것도 아름답지 않습니다.

그런데 이를 알면서도 실천하는 것은 매우 어렵습니다.

그러나 어떠한 선택을 하든 분명한 것은

이유 불문, 지금의 선택(반응)이

자신의 삶(행복과 불행)을 결정한다는 것입니다.

그래서 스스로에게 '받고 싶은 대로 주자.'를 외치며

더 이상의 고통은 만들지 않겠다고 다짐을 하는 것이 좋습니다.

다시 말해 누군가의 잘못에 돌을 던진다면

자신이 잘못했을 때, 역시도 돌에 맞을 수밖에 없습니다.

악순환이 계속된다고 할까요.

흐르는 강물은 멈추게 할 수 없는 것처럼

우리 모두는 각자 자신에게 주어진 삶을 살아가고 있습니다.

누군가로 인해서 삶이 고통스러울 때

옳고 그름을 판단하고 벌할 수 있는 건

자신의 몫이 아님을 기억하는 것이 좋습니다.

고통은 자신을 훈련시키는 시간입니다.

그래서 고통은 스스로 성장하는 시간입니다.

성장의 열쇠는 고통을,

분노가 아닌 이해와 용서로 반응하는 것입니다

분노하면서 행복한 사람은 없습니다.

미워하고 비난하면서 행복한 사람도 없습니다.

결국 수용하지 못하고 용서하지 못하면

고통은 계속될 수밖에 없습니다.

분노는 자신을 더 아프게 합니다.

그러나 용서는 자신을 평안하게 합니다.

용서는 상대가 아니라 자신을 구원하는 방법입니다.

사랑은 아픈 마음을 치유하는 약이다

어린 아기에게 울음은 살기 위한 생존 방법입니다.

울어야 배고픔이 해결되고

젖은 기저귀를 갈아주기 때문입니다.

또한 어린 아이들이 떼를 쓰는 것 역시도

원하는 것을 얻기 위한 생존 방법입니다.

이렇듯 모든 사람들은 나름대로

자신만의 생존 방법을 구사하고 있습니다.

그래서 열심히 일을 하는 것도 생존 방법이지만

애교를 부리거나 아양을 떠는 것도 생존 방법이고

비위를 맞추거나 굽신거리는 것도 생존 방법입니다.

그런데 원망, 짜증, 걱정, 비난, 불만, 집착, 분노 등등 역시도
나름대로는 살기 위한 생존 방법입니다.
다시 말해 이러한 감정들은
상처받은 마음이 더 이상 견딜 수 없어서,
사랑받기 위해서 자신의 아픔을 표현하는 방법입니다.
그러나 쇠를 쇠로 녹일 수 없듯이
서운한 마음을 미움이나 원망으로,
아픔을 분노로 반응하면서는 해결할 수 없습니다.
강한 쇠를 녹이는 것은 뜨거운 불입니다.
이기심과 분노를 녹일 수 있는 것도
이해와 배려가 담긴 따뜻한 사랑입니다.

사실 행복한 사람은 화를 내지 않습니다.
평화로운 사람 역시도 누군가를 비난하거나 괴롭히지 않습니다.
그러나 상처받은 마음은 그 아픔의 표현으로
짜증을 부리거나 원망을 하게 되고
불만을 토로하며 분노하게 됩니다.
그리고 상처받은 마음은 더 예민할 수밖에 없고
작은 자극에도 더 아플 수밖에 없습니다.
그래서 고통의 상황들을 견뎌내기가 더 어렵습니다.
다시 말해 누군가를 괴롭히는 사람들 대부분은

마음에 상처가 있는 사람들입니다.

마음이 아픈 사람은

가지고 있는 것이 아픔이라서

비난, 불만, 원망, 짜증, 집착, 분노 등등과 같은

자기 안의 아픈 감정들을 표출하게 됩니다.

그래서 산다는 것은 끝없는 이해와 용서

그리고 영원한 사랑을 필요로 합니다.

어떤 이유로든 아픈 사람과 싸워보았자

상처만 남길 뿐 좋은 일은 없으니까요.

사막에서 지쳐 힘들 때 필요한 건

지갑에 들어 있는 지폐가 아니라 물병에 들어 있는 물이듯이

마음의 상처로 아프고 힘들 때 필요한 건 사랑이 담긴 위로입니다.

삶에 지쳐 고단할 때에도 필요한 건 사랑이 담긴 위로입니다.

상대를 감동시키는 사랑이 담긴 위로는

함께 행복한 삶으로 다가가는 지름길입니다.

누군가 도움을 필요로 하는 사람들을 도우면 하루하루가 뿌듯하고

이해하고 배려하면 순간순간이 여유로워지고

이기려하기보다는 져주면 매일매일이 순탄하고

용서하면 도리어 자신이 평안하고

사랑을 하면 할수록 충만함으로 행복하기만 합니다.

어려운 이웃을 돕는 아름다운 행위는

서로에 대한 경계를 풀게 하고 너그럽게 하면서

주변 사람들의 마음을 훈훈하게 만들어 버립니다.

뿐만 아니라 고통에게 이해로 다가가면

고통은 고통이 아닌 연민과 사랑이 되기도 합니다.

행복은 표면적인 것이 아니라

내면에서 자족감을 느낄 수 있을 때입니다.

그래서 이기적인 마음으로 자신에게 집중하기보다는

마음의 문을 열고 사랑을 나누면 나눌수록

다른 사람들뿐 아니라 자신이 행복해집니다.

이해받지 못하는 고통을 견딜 수 없어서

사랑받지 못하는 고통을 견딜 수 없어서

오늘도 고통에 몸부림을 치고 있는 사람들이 있습니다.

사랑이 배고픈 허기진 마음은

사랑이 아닌 그 무엇으로는 충족되지 않습니다.

사랑은 얼어붙은 마음을 녹이며

아픈 마음을 치유하는 약입니다.

그래서 우리 모두는

자신을 지지해 주는 사람,

도움이 필요할 때면 언제라도 달려와 보듬어주는 사람,
이런 사람이 곁에 있기를 늘 소망합니다.
그런데 당신이 누군가에게 이런 사람이 되어 준다면
어떤 사랑을 받게 될까요?
아니 어떤 삶을 살게 될까요?

당신은 아름다운 사람입니다

시청률이 높은 영화나 드라마를 보면
남녀 주인공들이 희생적인 사랑을 나눕니다.
모든 고통은 자신이 감수하면서
사랑하는 사람을 위해서 헌신을 합니다.
많은 사람들이 그런 장면들을 보고 감동을 느끼며
자신도 그런 사랑을 소망합니다.
그런데 그런 헌신적인 사랑을 하는 이는 그리 많지 않습니다.
자신을 너무 사랑하다 보니
다시 말해, 이기적인 마음으로 자신에게 집중하다 보니
다른 사람들을 이해하고 베풀면서 사랑하기는 참으로 어렵습니다.

대부분의 사람들은 자신을 너무나 사랑합니다.

자기 것은 많아야 되고

누구보다도 더 많은 사랑을 받고 싶고

무엇이든 움켜잡으며 자신을 향한 무조건적인 사랑을 합니다.

그래서 늘 자신의 이익에만 집중하며

더 많은 사랑을 받기 위해서 끝없이 노력합니다.

사람들은 행복하기 위해서 오직 자신에게 집중하지만

세상에 이기적인 사람을 좋아하는 사람이 있을까요?

'욕망의 속성은 만족이란 없다'는 것입니다.

그래서 행복의 시작은 자기 욕망만을 채우는 이기적인 사랑이 아닌

모두를 향한 순수한 사랑입니다.

사랑받지 못하면서 행복한 사람은 없으니까요.

또한 외로우면서 행복한 사람도 없습니다.

순수한 사랑을 하게 되면

비 오는 날 우산을 들고 마중 나가는 것이

번거롭기보다는 행복합니다.

사랑하는 사람을 기다리는 시간은

지루한 게 아니라 즐겁기만 합니다.

혼자 식사를 하는 것보다 사랑하는 사람들과 함께 하는

식사 시간은 행복하기만 합니다.

사랑하는 만큼 행복합니다.

또한 상대가 힘들어할 때 도움을 주는 일은

기쁨으로 하게 됩니다.

실수하거나 잘못을 해도 이해할 수 있어서 감사하고

많은 것들이 아름답기만 합니다.

더불어 이웃에게는

언제라도 따뜻한 미소를 보낼 수 있을 때

우린 진정 행복할 수 있습니다.

왜냐하면 사람들은 마음속의 내용물이

사랑이면 사랑을 나누지만

아픔이면 아픔을 나누게 되고

분노면 분노를 나누기 때문입니다.

이것은 사회적 동물인 사람의 존재 방식입니다.

그래서 고통스러워하는 이들의 아픔은

결국 우리 모두의 아픔이 됩니다.

그래서 모두를 향한 순수한 사랑은

자신이 행복해지는 방법입니다.

생일날이나 특별한 날이면 흔히 부르는 노래 중

'당신은 사랑 받기 위해서 태어난 사람'이 있습니다.

이 노래를 들으면 기분이 좋아집니다.

그런데 사실은

사랑을 받기보다는 사랑을 하기(주기) 위해서 태어났습니다.

사람들은 사랑을 받을 때보다 사랑할 때 배움도 더 크고

살아 있음의 생동감을 더 느낄 수 있기 때문입니다.

마치 예쁜 꽃을 바라보면 행복하듯이

사랑을 하면 자신이 행복합니다.

사람들은 사랑을 받을 때보다 사랑할 때, 더 행복합니다.

사랑이란 자신을 승화시켜 나 아닌 것을 진정 사랑하는 거,

그래서 사랑은 자신을 초월하는 것입니다.

사랑을 하게 되면 나누고 싶고 돕고 싶어집니다.

그래서 더 많이 이해하게 되고

더 많이 배려하며 양보하게 됩니다.

그리고 때로는 져주기도, 아낌없이 주기도 하면서

자연스럽게 진심과 감동을 나누게 됩니다.

이렇게 사랑의 힘으로 서로에게 위로가 되고 격려가 된다면

고통의 악순환은 끊어지고

삶은 더 뿌듯하고 행복할 수밖에 없습니다.

사람들은 사랑을 받을 때보다 사랑을 할 때 더 빛이 납니다.

진정한 행복은 자신을 승화시킨 사랑을 할 때입니다.

이런 사랑은 모두에게 빛과 아름다운 향기가 되어 다가갑니다.

뿐만 아니라 자신도 충만함으로 행복합니다.

당신은 아름다운 사랑입니다.

온 세상을 품어 안을 수 있을 만큼

넓은 가슴을 가지고 있기 때문입니다.

세상을 아름답게 물들이는 기적

요즈음 버스 안에서 딸아이를 초등학교에 등교시키고

출근을 하는 한 모녀를 자주 만나곤 합니다.

그런데 이 어머니는 늘 무표정한 얼굴입니다.

반면 딸아이는 이런 어머니의 눈치를 살피며

계속해서 질문을 하고는, 혼자 멋쩍어하며 웃곤 합니다.

어머니의 사랑을 갈구하는 이 아이에게서

안타깝게도 해맑게 웃는 모습이나

평안한 얼굴 표정은 볼 수 없었습니다.

거리를 걷다 보면

이런 무표정한 얼굴은 흔히 볼 수 있습니다.

때론 누군가가 건들면 금방이라도 싸울 것 같은 표정,
그래서 언제라도 싸울 준비가 되어 있는 사람처럼
무서워 보이는 얼굴도 있습니다.
많은 사람들이 이 모녀처럼
얼굴에선 미소를 잃어버린 채로
무표정한 모습으로 살아가고 있습니다.

보통 가정불화의 원인은 성격 차이 때문이라고 말하지만
속 깊은 이유는 마음의 상처로 인한 아픔 때문입니다.
몸에 난 상처는 살짝만 건드려도 커다란 통증을 느끼는 것처럼
마음의 상처 역시도 누군가 살짝만 건드려도
견디기 힘든 고통을 느끼게 됩니다.
그것이 괴롭힘을 당한 아픔이든
아니면 또 다른 어떤 상처로든 마음에 아픔이 있는 경우
초등학생 어머니가 그러는 것처럼
사랑하는 사람들의 이야기도 들어주지 못한 채로
관심을 가져 주지도 못합니다.
도리어 자신의 아픔을 참아내지 못하고
쏟아내는 과정에서 불화는 계속되고
이것을 이해할 수 없는 상대로서는 고통스럽기만 합니다.
그럼에도 도움을 주거나 문제 해결이 어려운 이유는

몸의 상처는 보이지만 마음의 상처는 보이지 않기 때문입니다.

뿐만 아니라 고통을 만드는 데 놀라운 재주꾼인 마음이

사소한 자극에도 꼬리에 꼬리를 무는 방식으로

갈등을 만들어 냄으로써

골은 더욱 더 깊어지며 '고통의 미로'에 갇히게 됩니다.

이렇게 함께 고통에 치이다

결국 서로 이해받지 못하고 사랑받지 못하는 괴로움에

함께 고통의 나락으로 떨어집니다.

서로 사랑하면서도 말입니다.

사람의 존재 방식은 사랑입니다.

그래서 사람들은

사랑을 충분히 받으면 평안하고 행복해 합니다.

뿐만 아니라 사랑은 무한한 능력을 발휘하게 합니다.

그래서 누구에게라도 건강한 사랑을 충분히 받을 수 있다면

그래서 이해받고 격려 받을 수 있다면

마음의 상처를 잊고 무한한 꿈을 펼치며 살아갈 수 있습니다.

그래서 부부가 서로를 믿고 의지하며

사랑을 나누는 것을 지켜보며 성장한 자녀들은

정서적으로 평안한 상태에서

다른 사람들을 이해하고 배려하며 사랑을 나눌 수 있는

그런 행복한 어른으로 성장을 하게 됩니다.

사랑은 자녀를 잘 키우는 방법이며

사람을 살리는 방법입니다.

그러나 반대로 부모님에게 충분한 사랑을 받지 못하고

도리어 괴롭힘을 당하거나

아니면 누군가로 인해서 계속 고통스러운 경우

학업에도 집중할 수 없을 뿐만 아니라

일이나 업무에도 충실할 수 없게 되어

고통은 계속될 수밖에 없습니다.

이렇듯 고통이 또 다른 고통을 만들어 냅니다.

누구나 사랑받지 못하면 아픕니다.

그런데 많은 사람들이 사랑에 배고파하고 있습니다.

사랑에 굶주려 있습니다.

그래서 서로들 사랑받고 싶다며 상대의 얼굴을 바라봅니다.

그러면서 '네가 먼저 주어야 나도 줄 수 있다.'며

고집을 부립니다.

자신의 배고픔이 느껴지니

다른 사람들에게 베풀거나 배려할 여력이 없습니다.

뿐만 아니라 이래저래 받은 고통이 기억나서

마음이 도와주질 않습니다.

그래서 더 어렵습니다.

사람들은 행복하기 위해서, 아니 더 잘 살기 위해서
오직 자신에게 집중하지만
마음의 문을 열고 함께하는 사람들과 공감하며
자비의 마음으로 사랑을 나눌 수 있을 때
진정 행복할 수 있습니다.
함께하는 사람들을 경계하는 마음이나 방어적인 삶의 방식으로는
결코 행복할 수 없기 때문입니다.
또한 고통의 감정들 속에서도 행복할 수 없습니다.
그래서 자기만을 위한 이기적인 사랑보다는
자비의 마음으로 다른 사람들을
이해하고 배려하며 사랑을 나눌 수 있을 때
우린 더 평안하고 행복할 수 있습니다.

사실 평안하지 않은 상태에서
사랑이나 자비를 실천하는 것은 어려운 일입니다.
그럼에도 '뿌린 대로 거둔다'라거나
모든 것은 '인과응보'라는 것을 기억하면서
매일 사랑이나 자비를 실천한다면
마음의 내용물은 자연스럽게 긍정성으로 바뀌기 시작합니다.

하나뿐인 떡을 자신도 배가 고프면서

다른 사람들에게 나누어주는 사랑,

생사의 갈림길에서 삶의 기회를

다른 사람들에게 양보하며 죽어간 사람들,

더 많은 사람들을 위해서 자신을 희생한 사람들,

자식이 아파하는 것을 차마 볼 수 없어

대신 아프기를 기도하는 어머니의 간절한 사랑,

다른 사람들의 잘못까지도 품어주는 무조건적인 사랑,

감동적이지 않나요?

예수의 사랑(자비)이 그랬고,

붓다의 사랑(자비)도 그랬습니다.

많은 사람들이 붓다를 따르고 예수를 따르는 것은

그분들이 보여준 무조건적인 사랑(자비) 때문입니다.

우리들이 세상에 태어나서 건강하게 자라날 수 있었던 것은

잘못까지도 품어주는 어머니의 무조건적인 사랑,

자비심 때문입니다.

잘못까지도 품어주는 '나'를 향한 사랑은

지치고 힘이 들 때 버틸 수 있는 힘이 되어줍니다.

사랑은 물처럼 흘러흘러

사람과 사람 사이를 이어주는 다리가 되어

서로를 평안하고 행복하게 만듭니다.

뿐만 아니라 사랑은 도리어 자신의 얼어붙은 마음을 녹이고

허기진 배고픔을 채우며 자신을 풍요롭고 평안하게 합니다.

그래서 가슴이 사랑으로 충만하게 채워지면

배가 좀 고파도 행복하고

누군가로부터 상처를 받아도 너그러워집니다.

얼굴엔 미소가 번지고 평안함이 스며들며 삶이 행복합니다.

다시 말해 베푼 만큼 자신이 더 행복해집니다.

그러면 자연스럽게 다른 사람들의 아픔이 보입니다.

이것은 사랑의 눈으로 보아야만 볼 수 있습니다.

그러면 다른 사람들의 잘못에 대해서도

좀 더 너그러워지며 이해가 됩니다.

더 나아가 다른 사람들을 포용할 수 있는

관대함이 자리를 잡게 됩니다.

그러면서 정신적인 지주로서 덕을 베푸는 진짜 어른이 됩니다.

사랑은 세상을 아름답게 물들이는 기적입니다.

사랑은 도리어 자신을 치유하며 마르지 않는 우물처럼 흘러흘러

주변을 평화롭고 행복하게 물들이며

세상을 아름답게 물들이는 기적이 됩니다.

검은 업과 흰 업

용모가 뛰어난 가미니가 이른 아침 붓다를 뵙고 여쭈었다.

"붓다여, 바라문은 스스로 잘난 체하면서 하늘을 섬깁니다.
어떤 중생이 목숨을 마치면, 바라문은 원하는 대로
죽은 이를 천상에 나도록 한다는 것입니다.
원컨대 법의 주인이신 붓다께서도 중생들이 목숨을 마치거든
천상에 태어나게 해 주십시오."
"가미니여, 내가 너에게 물을 테니 아는 대로 대답하여라.
어떤 사람이 게을러서 정진하지 않고, 게다가 산목숨을 죽이며,
주지 않는 것을 가지고, 사음을 행하며, 거짓말을 하고,
그릇된 소견을 가지는 등 온갖 나쁜 업을 지으면서 살았다고 하자.
그가 죽을 때, 많은 사람들이 와서
'당신은 게을러 정진하지 않고 그러면서 악업만을 행했습니다.
당신은 그 인연으로 목숨이 다한 뒤에는
반드시 천상에 태어나십시오.'라고 했다 하자.
가미니여, 이렇게 여러 사람이 축원했다고 해서
그가 천상에 태어날 수 있겠느냐?"
"그럴 수는 없습니다."
"그렇다. 게으른 그가, 더구나 온갖 나쁜 업을 지은 그가

축원을 받았다고 해서 천상에 태어날 수는 없는 것이다.

비유를 들면, 저쪽에 깊은 연못이 하나 있는데

어떤 사람이 거기에 크고 무거운 돌을 던져 넣었다.

그리고 마을 사람들이 연못가에 모여서

'돌아, 떠올라라.' 하고 축원을 하였다.

그 크고 무거운 돌이 축원을 했다고 해서

그들의 소원대로 떠오르겠느냐?"

"그럴 수 없습니다."

"그렇다. 그가 천상에 태어날 수 없는 것도 이와 마찬가지이다.

왜냐하면, 나쁜 업은 검은 것이어서 그 갚음으로

저절로 밑으로 내려가 반드시 나쁜 곳에 떨어질 것이기 때문이다.

또 어떤 사람은 부지런히 정진하면서

묘한 법을 실행하고 온갖 착한 업을 닦는다고 하자.

그가 목숨을 마칠 때 여러 사람이 모여서

'당신은 부지런히 정진하면서 묘한 법을 실행하여

온갖 착한 업을 이루었습니다.

당신은 그 인연으로 목숨이 다한 뒤에는 반드시

나쁜 곳에 가서 지옥에 떨어지십시오.'라고

저주했다면 어떻게 될까.

그가 과연 그들의 저주대로 지옥에 떨어지겠느냐?"

"그렇지 않습니다."

"그렇다. 그것은 당치 않은 말이다.

왜냐하면, 착한 업은 흰 것이어서 그 가벼움으로 저절로 위로 올라가

반드시 좋은 곳에 이를 것이기 때문이다.

이를테면, 기름병을 깨뜨려 연못물에 던지면

부서진 병조각은 밑으로 가라앉지만

기름은 물위로 떠오르는 것과 같은 이치이다.

이와 같이 목숨이 다한 육신은 까마귀와 새가 쪼아 먹고

짐승들이 뜯어 먹거나 혹은 태우거나

땅속에 묻히며 흩어져 마침내는 흙이 되고 만다.

그러나 그 마음의 업식業識만은 항상 믿음에 싸이고

정진과 보시와 지혜에 싸여

저절로 위로 올라가 좋은 곳에 나는 것이다.

가미니여, 산목숨을 죽이지 않고,

주지 않는 것을 가지지 않으며, 사음과 거짓말을 하지 않고,

사특한 소견에서 벗어나는 좋은 길이 있다.

이른바 팔정도八正道*가 위로 오르는 길이며

좋은 곳으로 가는 길이다."

---

* 　팔정도八正道: 바른 견해, 바른 생각, 바른 말, 바른 행위, 바른 생계, 바른 노
력, 바른 마음 챙김(바른 알아차림), 바른 삼매.

붓다께서 이와 같이 말씀하시니 가미니와 여러 비구들이
다들 기뻐하면서 받들어 행하였다.

6장

모든 것이 경이롭습니다

마음에 사랑이 가득한 사람

아이들이 천진난만하게 뛰어 노는 모습은
보는 것만으로도 미소 짓게 합니다.
여고생들이 길에서 시끄럽게 해도 예쁘게만 보입니다.
부부 사이의 다툼은 사랑을 나누는 것으로 보입니다.
길가에 토악질해 놓은 것을 보고도
'얼마나 힘들었을까?' 안쓰럽기만 합니다.
지하철에 사람이 많아서 서 있기조차 힘들어도 재미있습니다.
실수로 미끄러져 넘어져도 기분이 좋습니다.

죽음의 문턱을 경험한 사람
마음에 사랑이 가득한 사람은
더 많이 이해하며 용서할 것이 없음을 압니다.
살아 있다는 것만으로도 고맙습니다.

그러나 그는 사랑스러운 사람

공부를 못합니다.
그러나 그는 사랑스러운 사람입니다.
도움이 필요한 사람들을 적극적으로 돕기 때문입니다.

말과 행동이 어눌합니다.
그러나 그는 사랑스러운 사람입니다.
누구에게나 친절하기 때문입니다.

잔소리를 자주합니다.
그러나 그는 사랑스러운 사람입니다
입담으로 사람들을 즐겁게 해주기 때문입니다.

게으른 편입니다.
그러나 그는 사랑스러운 사람입니다.
양심적으로 살기 때문입니다.

좀 예민한 편입니다.
그러나 그는 사랑스러운 사람입니다.
칭찬과 격려를 자주 하기 때문입니다.

지각을 자주합니다.
그러나 그는 사랑스러운 사람입니다.
마음이 따뜻하기 때문입니다.

실수를 자주합니다.
그러나 그는 사랑스러운 사람입니다.
누구에게나 미소로 응답하기 때문입니다.

모두가 행복하기를!

이해할 수 있습니다

지하철에서 누군가가 내 발을 밟았습니다.
그래도 이해할 수 있음은
그가 원했던 것이 아니기 때문입니다.

사과하지 않아도 이해할 수 있음은
그는 마음이 바쁜 사람이거나
사과라는 것을 해본 적이 없는 사람이기 때문입니다.

밟았는지조차 몰라도 이해할 수 있음은
그는 더 큰 일로 인해서
다른 것에 마음을 쓸 여유가 없기 때문입니다.

어쩌면
누군가의 도움이 필요한 사람인지도 모겠습니다.
그래서 그를 이해할 수 있습니다.

살아 있는 모든 날들

학생들을 보고 생각하니
학창시절 공부하기 힘들다고 투정부리던 날들이
행복한 시간이었습니다.

친구가 멀리 떠난 후 생각하니
티격태격하며 싸우던 날들이
행복한 시간이었습니다.

사과를 보면서 생각하니
가을에 사과를 맛있게 먹었던 날들이

행복한 시간이었습니다.

날씨가 너무 추워 생각하니
여름철 덥다고 투정부리던 날들이
행복한 시간이었습니다.

위가 아파 생각하니
음식을 맛있게 먹을 수 있었던 모든 날들이
행복한 시간이었습니다.

병원에 입원하고 생각하니
아프지 않은 모든 날들이
행복한 시간이었습니다.

무료해서 생각하니
힘들지만 일이 많았던 날들이
행복한 시간이었습니다.

나이 들어 생각하니
젊어서 무엇이든 할 수 있었던 모든 날들이
행복한 시간이었습니다.

죽음을 생각하니
살아 있는 모든 날들이
행복한 시간입니다.

하늘을 바라보면 스르르 미소가

하늘이 무겁다고 합니다.
한가득 물을 담고 있습니다.
비로 때로는 눈으로
우리에게 아름다움으로 돌려줍니다.
하얀 구름이 뭉실뭉실 솜사탕처럼 그림을 그립니다.
각양각색의 그림은 누구도 흉내 낼 수 없습니다.
장마가 끝난 후
하얀 구름과 먹구름의 조화가 아름답습니다.
구름 사이로 빛나는 찬란한 저녁노을은 황홀하기까지 합니다.
높고 푸른 하늘은 보는 이의 가슴을 시원하게 뻥 뚫어 줍니다.
달과 어우러진 구름은 보는 이를 행복하게 합니다.
'내'가 조금이라도 슬픈 날이면
하늘은 어느 결엔가 다가와
슬픔과 외로움까지도 가져가 버립니다.

그리고는 평안함과 희망으로 돌려줍니다.
하늘을 바라보면 스르르 미소가 일어납니다.

존재하는 모든 것은 스승입니다

하늘에게서는 모두를 포용하는 포용력을 배웁니다.
태양에게서는 변함없는 열정을 배우고
공기에게서는 누구에게나 평등함을 배웁니다.
물을 바라보면서 누구와든 부딪히지 않는 것을 배우고
나무에게서는 아낌없이 주는 것을 배웁니다.
길가에 뒹구는 돌에게서는 어디에든 적응함을
들꽃에게서는 외롭지만 굳건히 살아감을 배웁니다.
개미에게는 질서를, 쇠똥구리에게는 인내심을 배웁니다.
촛불을 바라보며 자신을 태워 세상을 밝힘을 배우고
소금의 쓰임을 보면서
어디에든 필요한 존재가 되는 것을 배웁니다.
바람에게서는 무엇에도 걸림이 없음을
가을 추수에서는 뿌린 대로 거둠을 배웁니다.
폭력을 행하는 이에게서는 폭력이 나쁘다는 것을 배우고
분노하는 이에게서는 분노는 고통이라는 것을 배웁니다.

사치스러운 사람을 보면서는 검소함을

게으른 사람을 보면서는 부지런함을 배웁니다.

진실한 이에게서는 진실함의 아름다움을 배우고

진실치 않은 이에게서는 진실하지 못함이 슬픔임을 배웁니다.

어린이에게는 천진난만한 순수함을 배우고

데이비드 호킨스 박사에게서는

웃음과 사랑은 치유의 기적을 낳는다는 것을 배웁니다.

예수님에게는 무한한 사랑을

붓다에게는 행복해지는 방법 위빠사나를 배웁니다.

존재하는 모든 것은 스승입니다.

그래도 고맙습니다

아버님께서 병원에 입원하셨습니다.

순간 슬픔이 밀려옵니다.

그래도 고맙습니다.

왜냐하면 치유할 기회를 주셨기 때문입니다.

아이가 교통사고를 냈다고 전화가 왔습니다.

차가 많이 망가졌습니다.

그래도 고맙습니다.

왜냐하면 아이가 다치지 않았기 때문입니다.

아파서 병원에 다녀왔습니다.

여러 가지 검사를 받는데 힘들었습니다.

그래도 고맙습니다.

왜냐하면 큰 병이 없기 때문입니다.

무심히 걷다가 돌부리에 채였습니다.

너무 아파 주저앉았습니다.

그래도 고맙습니다.

왜냐하면 돌부리에 채이지 않은 날이 더 많기 때문입니다.

눈이 나빠졌습니다.

책이나 신문을 보기가 많이 힘듭니다.

그래도 고맙습니다.

왜냐하면 안경을 사용하면 볼 수 있기 때문입니다.

회사 살림이 어려워졌습니다.

동료들의 급여를 감봉했습니다.

그래도 고맙습니다.

왜냐하면 일을 할 수 있기 때문입니다.

돈이 많은 부모님을 만난 것도 감사할 일이지만

돈이 없는 부모님을 만난 것도 감사한 일입니다.

왜냐하면 기본적으로 열심히 살기 때문입니다.

고맙습니다

따스한 햇살의 느낌과

가을 들녘의 평화로움이 고맙습니다.

이름 모를 들꽃의 꿋꿋함이 고맙고

하늘에 있는 구름이 아름다워 고맙습니다.

비 오는 날 차분해지는 느낌이 고맙고

나무들의 풋풋함이 고맙습니다.

들꽃의 싱그러움이 감탄스러워 고맙고

더운 날 시원한 물 한잔이 고맙습니다.

저녁노을의 찬란함이 고맙고

밤하늘에 떠 있는 달의 포근함과 안정감이 고맙습니다.

양지 바른 곳에서 책 읽는 어린이의 순수함이 고맙고

주렁주렁 열려 있는 감나무가 풍성해서 고맙습니다.
발을 밟히어도 미안하다는 눈빛을 읽을 수 있어서 고맙고
할머니의 짐을 옮겨 주는 젊은이가 든든해서 고맙습니다.
아이들의 노닥거림이 천진난만해서 고맙고
상점 점원에게 친절함이 느껴져서 고맙습니다.
저녁이면 돌아갈 집이 있어서 고맙고
열심히 사는 이들이 뿌듯하게 느껴져서 고맙습니다.
유유히 흐르는 강물이 평화로워서 고맙고
세상이 아름답게 느껴져서 고맙습니다.

이래도 좋고, 저래도 좋고

날씨가 덥습니다.
땀을 흘리면서도 고마워할 수 있음은
곡식이 잘 자랄 수 있기 때문입니다.
몇 년 전 여름 저온 현상으로 농산물의 소출이 적어
많은 분들이 고생한 것을 생각하면
더위도 행복함입니다.

비가 옵니다.

옷이 젖어도 고마워할 수 있음은
더위로부터 쉴 수 있기 때문입니다.
가뭄으로 인해 벼가 자라지 못해서
농부님들이 애타한 것을 생각하면
비가 옴은 행복함입니다.

바람이 붑니다.
거세게 불어 힘들어도 고마워할 수 있음은
꽃들의 수정을 돕기 때문입니다.
또한 곡식의 뿌리를 튼튼하게 해주어
많은 이익을 얻게 함을 생각하면
바람이 부는 것은 행복함입니다.

눈이 옵니다.
여러 가지로 불편해도 고마워할 수 있음은
아름다운 백색의 세상을 볼 수 있기 때문입니다.
오래전 가뭄으로 물이 없어 식수를 얻지 못해
많은 분들이 걱정한 것을 생각하면
눈이 옴은 행복함입니다.

날씨가 춥습니다.

연료비가 들어도 고마워할 수 있음은
차가움과 상쾌함을 즐길 수 있기 때문입니다.
겨울 날씨가 따뜻해서 병해충 발생률이 높아져
농부님들이 근심한 것을 생각하면
추위도 행복함입니다.

메아리가 되돌아오듯이

화창한 어느 가을 날 버스에서 좌석에 앉아 있었습니다.
사람들이 많아 어수선하기는 하지만
모두들 열심히 살아가는 모습입니다.
그런데 옆을 지나가던 젊은 청년의 가방이
제 얼굴을 때리고 가네요.
순간 놀래 가방을 쳐다보고 가방 주인을 쳐다보았지만
본인은 모른다는 얼굴입니다.
저 역시도 이처럼 저도 모르게
다른 사람들을 괴롭힌 적이 있겠지요.
그러니 다른 사람들이 좀 힘들게 해도
이해를 해야만 할 것 같아요.
이해와 배려를 한다는 것은 참으로 좋은 것 같습니다.

공연히 마음이 푸근하고 여유로워지니 말입니다.

몸도 가볍고 마음도 가볍습니다.

이 평화로움이 세상으로 전달되고

그리고 평화로움은 다시 제게로 돌아오네요.

메아리가 되돌아오듯이요.

자기 것을 송두리째 주는 것들

길을 걷다 보면 자신도 모르게

개미나 지렁이를 밟고 가는 경우가 있습니다.

잘못이 없는 개미나 지렁이 입장에서는

청천벽력과 같은 고통이지만

밟은 사람은 아무것도 모르는 채 무심코 가던 길을 갑니다.

이렇듯 우린 얼마나 많은 생명체들을

괴롭히며 살고 있는 것일까요?

뿐만 아니라 이 육체 덩어리의

피부, 혈액, 뼈 마디마디, 근육, 심장이나 위장 등등

이 모든 것들은 다른 생명체의 희생으로 이루어졌습니다.

우린 다른 생명체의 희생 없이는 살아갈 수 없습니다.

그럼에도 마음은 왜 자신의 고통만을 기억하는 걸까요?
자신으로 인해서 고통스러웠을
수많은 생명체들의 아픔은 생각하지 못하면서요.

자기 것을 송두리째 내어준 꽃들이나
사과나무, 복숭아나무는 평화롭기만 합니다.
그들은 무아의 상태에서 바람이 불면 춤을 추고
비가 오면 흠뻑 물에 취하고
해가 뜨면 마음껏 기지개를 켜며 행복을 노래합니다.
산, 들녘, 구름, 하늘 모두와 함께 평화로움을 노래합니다.

모든 것이 경이롭습니다

하늘에 구름이 떠 있습니다.
땅의 물이 수증기 되어 하늘의 구름이 됩니다.
이 구름은 비가 되기도, 눈이 되기도 합니다.
시냇가의 물이 되기도
호수를 가득 채운 물이 되었다가 바다가 되기도 합니다.

이 구름은 나무의 자양분이 되기도

사과나 토마토의 자양분이 되기도 합니다.
때론 흑인 친구 육체의 물이 되기도
백인 친구 육체의 물이 되기도
황색인 친구 육체의 물이 되기도
이 육체의 물이 되기도 합니다.

'나'는 구름입니다.
'나'는 비입니다.
'나'는 눈입니다.
'나'는 호수입니다.
'나'는 바다입니다.
'나'는 나무입니다.
'나'는 사과입니다.
'나'는 토마토입니다.
'나'는 백인입니다.
'나'는 흑인입니다.

세상에 '나' 아닌 것이 없습니다.
모든 것이 참 경이롭습니다.

이 세상은 성인聖人훈련소

우린 사람으로 태어나서
자식으로서 살아보고 부모로서도 살아봅니다.
자식으로 살면서 배우는 것이 있고
부모가 되어서야 비로소 배우는 것들이 있습니다.
학교에서 배우는 것이 있고
사회에서 비로소 배우는 것들이 있습니다.
일상에서 배우는 것들이 있는가 하면
일상을 떠나 여행을 하면서 배우는 것들도 있습니다.
새 직장, 새집에서는 적응의 기술을 배우고
살아가면서 새롭게 만나는 수많은 사람들과는
소통의 기술, 관계의 기술을 배웁니다.
이 과정에서 누군가의 거절이나 질타는 아픔이 되기도 하지만
노력의 촉매제가 되어 성장을 하게 되면서
거절이나 질타는 도리어 고마운 것이 되기도 합니다.
그래서 거절은 또 다른 기회가 됩니다.

우리는 성공을 통해서도 배우지만 실패를 통해서도 배웁니다.
하여 뭔가를 시도한다는 것은 좋은 것 같습니다.
희망적이기도 하지만 실패를 하더라도

실패는 배움이라는 과정을 거치면서 또 다른 성공을 부르니까요.

삶의 매 순간은 배움의 기회입니다.

경험한 자는 아픔도 더 잘 알고 기쁨도 더 잘 알 수 있습니다.

이 세상에서 이 삶의 의미는

이해하고 용서하고 사랑을 실천함으로써 계속 배우며

더 성장하여 평화롭고 행복해지는 것입니다.

사실 친절한 사람이나 착한 사람들에게

선善을 베푸는 일은 누구나 할 수 있습니다.

그러나 화를 내거나 손해를 입히는 사람들에게

선을 베푸는 일은 쉽지 않습니다.

그럼에도 서운함을 미움으로, 폭력을 폭력으로

고통을 고통으로 되돌려주는 것이 아니라

이해로 용서로 그리고 사랑으로 승화시킬 수 있을 때

우린 더 성장하며 평안할 수 있습니다.

미움이나 원망 같은 고통의 감정 속에서는 결코 행복할 수 없기에

그리고 부정성으로 반응하면서도 행복할 수 없기에

선택의 여지가 없습니다.

그래서 이해와 용서 그리고 사랑은 자신이 행복해지는 방법입니다.

정말 잘난 사람은 자신이 완벽하지 않음을 아는 사람입니다.

그래서 상대에게 완벽을 요구하지 않습니다.

하여 마음이 열려 있습니다.

때문에 누구에게든 배우기 위해서 자신을 낮춥니다.

사람들은 변함없이 늘 평화롭고 행복하기를 소망합니다.

그런데 자신의 행복이 누구를 만나느냐에 따라

혹은 주변 상황에 따라 영향을 받는다면 진정 행복할 수 없습니다.

성인(聖人)이란 감정에 휘둘리지 않는 사람입니다.

그래서 다른 사람들에게 휘둘리지 않는 사람

그 어떠한 일에도 흔들리지 않는 사람입니다.

하여 상대가 선하거나 나쁘거나

약하거나 강하거나 아름답게 살아갑니다.

우리가 이 세상에 온 이유는

삶의 조건이 어떠하든 그 상황을 타개하며

성인으로 성장하기 위해서입니다.

이 세상은 성인훈련소입니다.

이 말이 맞다면 이 세상은 이대로도 아름답습니다.

답은 알아차림이다

아기들은 어머니의 뱃속에서 세상으로 나온 순간

갑작스런 환경변화에 좀 놀라기는 하지만

잠시 후 어머니의 심장 소리에 안정을 되찾으며 편안해 합니다.

시간이 지나 조금 더 성장하면서부터는

누구와든 이야기를 나누며

누구에게든 이유 없이 미소를 보내곤 합니다.

그리고 어디에서든 노래하고 춤을 추며

있는 그대로 자신의 모습을 보여줍니다.

이런 어린 아이들의 순수함이나 천진난만함이 좋아서

멀리서 들려오는 아이들이 노는 소리에도

어른들은 행복해합니다.

필요한 건 먹을 것과 몇 가지 옷

그리고 편안한 잠자리가 전부였던 아이들은

시간이 지나 어른으로 성장하면서부터는

필요한 것이 많아졌습니다.

그것을 얻기 위해서 자신을

'나는 예의 있는 사람'

'나는 멋있는 사람'

'나는 능력있는 사람'

'나는 강한 사람' 등등으로 가면을 쓰기 시작합니다.

많은 사람들이 이런 '나'라는 가면을 쓰고 있습니다.

자기만 모르고 알 만한 사람들은 다 아는 그런 가면입니다.

때로는 너무 아파하면서도 '나는 괜찮아'라는 가면을 쓰기도 하고
'나는 못해', '나는 안 돼', '나는 허약해'라는 가면을 쓰기도 합니다.
그러면서 더 아파하기도 합니다.

저 역시도 늘 가면을 썼습니다.
그중에 하나가 '나는 잘해'입니다.
그래서 가능한 자주 그리고 늘 자랑을 했습니다.
사실 자랑은 더 노력하기 위해서
스스로를 채찍질하는 방법이었습니다.

가면은 생존방식 중 하나였습니다.
마치 동물들이 다른 동물에게 먹히지 않기 위해서
혹은 자신의 힘을 과시하기 위해서
우렁차게 포효를 하거나 몸의 덩치를 더 크게 보이려는 것처럼요.
그리고 쓸 가면이 없을 경우
'우리 친척이 의사인데' 혹은 '아는 사람이 국회의원인데' 하며
친척이나 친구라는 이름의 가면을 빌려 쓰기도 합니다.

그런데 나이가 들어가면서부터는
이 가면이 진짜얼굴이 되어 버립니다.
본래부터 그랬던 것처럼요.

태어나는 순간의 순수하고 아름답던 그 미소는 잃어버린 채로

가식적이면서 무표정한

그래서 무섭기까지 한 얼굴이 되어 버립니다.

때로는 언제든 싸울 준비가 되어 있는 사람처럼

늘 경계를 늦추지 못하는 얼굴입니다.

자신을 보호해야만 한다는 강박에

성공을 해야만 한다는 강박에

스스로를 고통의 나락으로 밀어 넣었습니다.

더 잘 살기 위해서 노력해 왔는데

분명 더 행복하기 위한 방법이었는데

결과는 자신을 더 고통스럽게 만드는 것이었습니다.

그리고 이 고통스러움의 거울로 세상을 바라보니

선한 사람들의 미소도, 세상의 아름다움도 보이지 않습니다.

도리어 누군가 미소로 다가오면 낯설어 하며 당황해 합니다.

마치 미소를 지은 적이 없었던 사람처럼요.

그런데 몸과 마음을 지켜보며 알아차리는 명상을 하면서

고통스러웠던 삶이 달라졌습니다.

그래서 부끄러움도 없고 서먹함도 없이

누구에게든 미소를 보내고 꽃과 나무와 대화를 나눌 수 있는

그런 행복한 본래의 자연인으로 달라졌습니다.

그리고 알아차림을 통해서 고통의 감정들이 정화가 되어

답답하기만 하던 가슴이 비워지면서 알게 되었습니다.

그동안 마음속에는 욕심, 두려움, 불안, 걱정,

싫어함, 슬픔, 원망, 미움, 집착, 분노 등

고통의 감정들로 가득했었다는 것을요.

더 잘 살기 위해서

더 행복하기 위해서 노력했던 내용물들이

사실은 자신을 더 고통스럽게 만드는 것이었습니다.

이유야 어찌되었건 이런 아픔의 감정들 속에서는

고통스러울 수밖에 없기 때문입니다.

그러나 행복이란

미움도 놓아버리고, 욕망도 놓아버리고, 집착도 놓아버리고,

그래서 가슴에서 고통의 감정들이 텅 비워지면서

비로소 평안하고 행복해지는 것이었습니다.

있는 그대로의 몸과 마음을 지켜보며 알아차리면서

몸과 마음이 정화되어 가슴에서 고통의 감정들이 비워지자

'나'라는 것은 세상 속으로 녹아들어갔습니다.

'나'가 비워지자

가슴은 이 세상을 다 담아도 될 정도로 넓은 공간이었습니다.

사람들이 사랑으로 다가왔습니다.

하늘이 경이로움으로, 세상이 평화로움으로 다가왔습니다.

그래서 살아 있음이 감사함으로 다가왔습니다.

우리는 본래 자연인이었습니다.

평화롭고 행복한 자연인요.

고통으로부터 자유, 그 답은

몸과 마음을 지켜보는 알아차림(위빠사나)이었습니다.

알아차림은 행복해지는 방법이었습니다.

7장

최상의 행복은 마음,
그 너머에 있다

'너'의 안녕이 '내' 안녕인 세상

2019년 4월의 어느 날, 로스앤젤레스 공항에서 미국에 입국하기 위해 줄을 서서 기다리고 있었습니다. 주변을 둘러보니 입국심사를 기다리는 사람들이 무척이나 많았습니다. 그렇게 한참을 기다리는데, 같은 비행기를 타고 온, 옆에 서 있던 사람이 기다림에 지쳐서인지 이런 말을 하네요.

"왜 이렇게 오래 기다리게 해. 여기가 한국이면 난리난다."

글쎄요. 그녀의 말이 옳을 수도 있겠지만, 한편으로는 안타깝기도 했습니다. 왜냐하면 그녀의 말에는 한국인은 상대방의 사정을 헤아리지 못하는 사람, 배려를 모르는 사람, 여유롭지 못한 사람이라는 뜻이 포함되어 있기 때문입니다.

요즈음 공공기관에서든 민간업체에서든 원하는 대로 되지 않거나 잘못되었다고 생각되는 것이 있으면, 자리를 가리지 않고 큰소리로 자기 의견을 주장하는 사람들이 있습니다. 그리고 애석하게도 개중에는 도를 넘는 사람들이 있습니다.

우연히 개인업체에서 관리자로 일을 하는 사람을 만났는데,

이런 말을 하네요.

"머리가 지끈지끈 아파요. 모두가 자기 입장에서만 말을 하니까. 그 말을 다 들어줄 수도 없고……"

이렇듯 고객과 직접 응대하는 일을 하는 사람들은 무척이나 곤욕스러워하고 있었습니다.

세상에 실수나 잘못을 하지 않는 완벽한 사람이 있을까요? 대부분의 사람들은 늘 실수나 잘못을 할 수 있습니다. 그래서 주변 사람들에게서 단점을 찾기로 작정한다면 단점은 쉽게 찾을 수 있고, 장점을 찾기로 작정하면 장점 또한 쉽게 찾을 수 있습니다. 마음은 좋아하는 사람의 잘못은 그냥 지나칠 수 있지만, 싫어하는 사람들의 잘못은 작은 잘못이라도 지나치기 어렵습니다. 더구나 여기에 불만족이나 잠재된 분노가 있다면, 그래서 할 수만 있다면, 자리를 가리지 않고 부끄러움도 없이 자신의 감정을 발산하게 됩니다. 다시 말해 본인 스스로를 통제하지 못하는 것뿐만 아니라 주변 사람들을 배려할 여력이 없어서, 자기 안의 감정을 있는 그대로 발산합니다. 그래서 본인뿐만 아니라 주변 사람들까지도 아프게 합니다.

그런데 만약 위에서 언급한 공공기관에서조차도 분노를 발산하는 사람이 가족이나 이웃이라면 평범한 일상이 가능할까요? 분명한 것은 우린 늘 선하고 아름다운 사람들만 만날 수 없다는 점입니다. 다시 말해 '너'의 안녕이 '내' 안녕에 지대한 영향을 미칠 수 있습니다. 마치 전염병이 주변 사람들에게 옮겨지는 것처럼요.

때문에 감정적으로 본인 스스로를 다스리는 것뿐만 아니라 주변 사람들에게서 상처받지 않도록 스스로를 보호할 수 있는 역량을 키우기 위한 노력이 절실합니다. 이것은 매우 중요합니다. 자신이 누군가로 인해서 평안하지 않다면, 그래서 자신의 행복이 누군가에 의해서 결정된다면 매우 슬픈 일이니까요.

있어도 고통스럽고, 없어도 고통스럽고

6.25 한국전쟁을 겪은 1900년대 중반의 사람들에게 최고의 소망은 배부르고 등이 따뜻한 것이었습니다. 그렇다면 지금 이 시대에 살고 있는, 배부르고 등이 따뜻한 사람들은 행복할까요?! 21세기 이 시대를 살고 있는 사람들은 가진 것에 만족하지 못하고 끝없는 탐욕과 욕망 그리고 집착에 고통스러워하면서, 지금보다도 더 풍요로운 삶을 꿈꾸고 있습니다.

또한, 많은 걸 가졌지만 할 일을 잃은 허전한 마음에 방황하는 사람들, 외로워하는 사람들은 또 얼마나 되는 걸까요? 뿐만 아니라 스스로를 절제하지 못해서 오는 음식 중독, 니코틴 중독, 알콜 중독, 마약 중독, 게임 중독 등으로 인해서 고통스러워하면서도 벗어나지 못하고 신음하고 있는 사람들이 부지기수입니다. 있어도 고통스럽고 없어도 고통스럽고, 다시 말해 춥고 배가 고파도 고통스럽지만 배가 부르고 등이 따뜻해도 고통스럽습니다.

그 누구도 고통을 원하지 않습니다. 그럼에도 대부분의 사람들은 고통스러운 생활을 하고 있습니다. 본인이 원하는 대로 되지 않아서도 고통스럽지만, 돈이 많아도, 성공을 해도 고통스럽습니다. 그리고 혼자 살면서는 외로워서 고통스럽고, 함께 살면서는 갈등으로 인해 고통스럽습니다. 특히나 마음이 '나'를 기반으로 하는 집착놀이나 탐욕놀이로 인해서 더 고통스럽습니다. 마음은 하나가 있으면 둘을 원하면서 고통스러워하고, 둘이 있으면 셋을 원하면서 고통스러워합니다. 이것이 있으면 저것을 원하고, 저것이 있으면 또 다른 것을 원하면서 고통스러워합니다. 마음은 늘 더 많은 거, 또 다른 거, 또 또 다른 것들을 갈망하면서 고통스러워합니다. 그래서 돈이나 권력이 없는 서민도 고통스럽지만 부자도, 권력자도, 모든 걸 다 가진 왕도 고통스럽습니다. 삶은 있어도 고통스럽고 없어도 고통스럽고, 늘 고통스럽기만 합니다.

사람들은 행복하기 위해서 다른 사람들과 경쟁적으로 살지만, 행복은 다른 사람들과의 경쟁에서 승리한 사람이나 다른 사람들을 통제하는 사람이 아니라, 자신을 다스리는 사람입니다. 사실 삶은 마음이 만들어 내는 희로애락입니다. 탐욕이나 욕망, 집착도 마음의 문제이지만, 주변 사람들과의 불화나 갈등도 마음의 문제이고, 방황하거나 허전해하는 것도 마음의 문제입니다. 그리고 외로워하거나 우울해하는 거 역시도 마음의 문제입니다. 고통을 만드는 놀라운 재주꾼인 이런 마음에게 휘둘리지 않기 위해서는 어떻게 해야 하는 걸까요?

21세기 많은 사람들이 과학의 발달을 노래하지만, 과학이 마음이 만들어 내는 고통을 잠재울 수 있을까요?! 진정 고통으로부터 자유로워지기 위해선 어떤 지혜가 필요한 걸까요?

고통이란 '나'를 기반으로 하는 마음의 장난

라면은 많은 사람들이 좋아하는 음식 중에 하나입니다. 저 역시도 무척이나 좋아했는데, 라면을 처음 접한 것은 초등학교 4학년 때입니다. 10대 때는 지금도 기억에 남아 있을 정도로 최고로 맛있는 음식이었습니다. 특히나 계란을 넣고 끓인 라면은 더욱더 맛이 좋았습니다.

그런데 나이가 들어, 위장이 아프면서는 먹고 싶지만 먹을 수 없는 음식이 되고 말았습니다. 그러나 맛있는 라면을 포기하는 것은 무척이나 어려운 일이었습니다. 그래서 위장이 아프다가 좀 편안해지면 다시 먹고, 또 아프면 한동안 안 먹다가 시간이 흘러 위가 좀 편안해지면 다시 먹기를 반복했습니다. 결국 라면을 포기시킨 것은 마음이 아니라 위장의 통증이었습니다. 아니 안 먹은 것이 아니라 못 먹었습니다. 맛이 있는 라면을 포기시킨 것은 그것에 견줄 만큼의 고통이었습니다. 먹고 싶은 음식을 먹는 것도 좋지만, 몸에 해가 되는 음식은 피하는 것이 더 중요한데도 말입니다. 이렇듯 좋아(집착)하는 마음을 내려놓는 것은 매우 어렵습니다.

먹고 싶고 갖고 싶다는 마음의 밑바탕은 '나'를 기반으로 하는 마음의 장난입니다. 좋아하는 마음이나 미워하는 마음의 밑바탕 역시도 '나'를 기반으로 하는 마음의 장난입니다. 그리고 갈등이나 불화의 밑바탕에 깔린 '나는 옳고 너는 틀리다'라는 마음도 '나'를 기반으로 하는 마음의 장난입니다. 고통이란 '나'를 기반으로 하는 이기적인 마음의 장난입니다.

이기적인 마음이 고통을 만드는 방법은 고통의 진원지인 '나'를 기반으로 하는 되새김질(생각)입니다. 그래서 더 많은 사랑을 받기 위해서, 더 편안하기 위해서, 더 많은 돈을 얻기 위해서 등등, 원하는 것을 얻기 위해서 마음은 잠시도 쉴 틈 없이 망상 속으로 빠져들며 이런저런 제안들을 하면서 고통을 만들어 냅니다.

마음은 자신이 기억하거나 상상하는 내용물들을 평안하게 지켜보는 것이 아니라, 좋아하거나 고통스러워하면서 휘둘릴수록 꼬리에 꼬리를 무는 방식으로 늘 망상 속에 머뭅니다. 마음은 좀 더 자극적인 내용들을 더 많이 되새김질하며 기억을 하는데, 그 내용물에 반응을 보일수록 그 내용물들은 평생을 잊지 않고 계속해서 되새김질함으로써 더 많은 고통들을 만들어 냅니다.

또한 고통은 마음이 세상에 가치를 부여하며 좋아하고 싫어하기 때문에 생깁니다. 즉 자신이 좋아하는 것들은 집착하면서 고통을 만들어 내고, 싫어하는 것들은 거부하면서 고통을 만들어 냅니다. 그리고 마음은 자기 안의 기쁨, 슬픔, 우울, 외로움, 원망, 분노 등등을 쏟아낼 기회를 놓치지 않습니다. 그래서 마음의 내용물이 기쁨이면 기쁨을 쏟아내지만, 슬픔이면 슬픔을 쏟아내고, 분노면 분노를 쏟아내며 불화나 갈등을 만들어갑니다.

물론 몸이 아프면 삶이 고통스러울 수밖에 없습니다. 그럼에도 마음이 건강하면 가난이나 갑자기 다가온 불우한 환경뿐만 아니라 죽음을 의미하는 암조차도 수용하며 견뎌낼 수 있습니다. 그러나 마음이 아파하면 몸을 망가뜨리는 것뿐만 아니라 삶 그 자체를 포기(자살)하게 만들어 버립니다. 다시 말해 마음이 아파하면 몸이 아픈 것과는 견줄 수 없을 만큼 더 많이 아픕니다.

누구라도 본인이 원하면, 그래서 언제라도 평안하고 행복할 수 있다면 얼마나 좋을까요? 그러나 뜻대로 되지 않습니다. 이유는 지금 이 순간에 머무는 것이 고통이기만 한 마음이, 그래서 주변 상황에 따라서 언제, 어디서라도 고통을 만들어 낼 준비가 되어 있는 마음이, 결코 자신에게 주어진 기회를 놓치지 않기 때문입니다. 마음은 이유 불문, 상황이 어떠하든 늘 행복과 고통 사이를 오고 갑니다. 그래서 삶은 고요하고 평화롭기보다는 고통스러울 수밖에 없습니다.

마음은 옳고 그름을 분별하지 못한다

마음은 옳고 그름을 떠나서, 보이고 들리는 과정을 통해서 배운 내용물들이 마음에 스며들면 그 내용물들은 고정관념으로 자리를 잡으면서 마음 그 자체의 모습(마음의 습)이 되어 버립니다. 그러면 자신이 좋아하는 것들에게는 무한한 관용을 베풀면서 선호하고, 싫어하는 것들은 거부하면서, 이 습의 거울로 세상을 바라봅니다. 설령 이 습의 내용이 잘못되었다고 하더라도 인식하지 못한 채로 살아가기도 합니다. 왜냐하면 옳고 그름과 좋아하고 싫어함을 판단하는 기준이 마음의 습이기 때문입니다. 다시 말해 마음의 습(고정관념)이 판단의 주체입니다. 그래서 마음은 자신의 고정관념과 대치對峙되는 것은 못 견뎌 하며 잘못된 것으로 인식합니다. 그리고 다수의 사람들이 같은 것을 가족이나 주변 사람들에게서 반복해서 보고 들음으로써 마음의 습이 되면,

전통이나 관습이라는 이름으로 대를 이어 자손들에게 계속해서 전해져 갑니다.

이것이 많은 사람들을 괴롭히고 있는 인도의 신분계급 제도 인 카스트가 3,000년을 넘어 지금까지도 계속해서 전해져 오고, 인종차별이나 민족차별이 분명 선善한 일이 아님에도 아주 오 랜 시간 계속해서 유지되고 있는 이유입니다. 또한 앞서 언급했 듯이 수십억의 사람들이 각각 믿고 따르는 기독교, 천주교, 불교, 시크교, 유교, 힌두교, 이슬람교, 토속신앙 등등과 같이, 서로 상 대적인 논리의 종교가, 다 진실일 수는 없는 종교가 2천년, 3천 년의 인간 역사와 함께 현재까지도 대를 이어 계속해서 전해져 올 수 있었던 이유이기도 합니다. 물론 지금까지 그래왔던 것처 럼, 마음의 습은 이러한 방식으로 앞으로도 옳고 그름을 떠나 천 년, 이천년 계속해서 대를 이어 자자손손 전해져 갈 것입니다. 이 렇듯 옳은 것이든 그른 것이든, 마음에 한번 인식되어 습이 된 것으로부터 자유로워지는 것은 매우 어렵습니다. 아니 벗어나고 싶지만 쉽지 않습니다.

유발 하라리는 그의 저서 『21세기를 위한 21가지 제언』에서 '1,000명의 사람들이 어떤 조작된 이야기를 한 달 동안 믿으면 가짜뉴스다. 그러나 10억 명의 사람들이 1,000년 동안 믿으면 그것은 종교다.'라고 언급하였습니다.

원시시대에서 현대사회에 이르기까지, 서로 상대적인 논리의 종교는, 다 진실일 수 없는 종교는 그 수를 헤아리기도 어렵습니다. 또한 소문이나 풍문이 거짓일 가능성이 있다는 것은 많은 사람들이 아는 사실입니다. 그럼에도 진실이 되어 버린 거짓말(혹은 가짜 뉴스)은 옳고 그름을 분별하는 기반이 되어 불화를 만드는 데 한몫을 하고 있는 것이 현실입니다. 다시 말해 오류 속에 살면서도 이를 간파하지 못하고 있는 것이 사실입니다. 이것이 바로 '마음'입니다. 그래서 꼭 기억을 해야만 하는 것은, 수많은 사람들이 하는 행동(혹은 결정)이라고 해서 '꼭 선하다'거나 '옳은 판단'은 아니라는 것입니다.

안타깝지만. 마음은 옳고 그름을 분별하지 않습니다. 아니 옳고 그름을 분별하지 못합니다. 뿐만 아니라 마음은 같은 일도 평소라면 이해하다가도 기분이 나쁘면 그냥 지나치지 못하고 언쟁을 합니다. 그리고 과거의 잘못까지도 들추어내며 '너는 원래 그렇다'며 언쟁을 합니다. 심지어 곁에 있는 것만으로도 불편해 합니다. 그러다 기분이 좋으면 즐거움에 끌려 다니고, 기분이 나쁘면 괴로움으로부터 도망 다니고, 화가 나면 분노에 휘둘리면서 매일매일을 그렇게 살다가 생을 마감합니다. 다시 말해 다른 사람은 틀렸고 나는 '옳다'라는 착각 속에서 평생을 외고집쟁이로 살다가 생을 마감합니다.

사람들은 주변 상황이나 타인으로 인해서 고통스럽다고 말하지만, 사실은 마음이 대상에 자신의 고통스러운 감정들을 입히기 때문에 고통스럽습니다. 고통은 마음이 느끼는 감정입니다. 고통은 세상에 있는 것이 아니라 마음속에 있습니다. 그래서 고통스러운 마음으로 세상을 바라보면 세상은 온통 고통으로 가득해 보이고, 불만족스러운 마음으로 세상을 바라보면, 세상은 온통 잘못된 것으로 보입니다. 있는 그대로의 세상이 보이지 않습니다.

뿐만 아니라 '돈이면 무엇이든 할 수 있다, 혹은 돈이 생명이고 권력이다'라고 계속해서 보고 들은 마음은 명문가, 귀족, 왕족, 재벌과 같이 돈이 많은 사람들이 멋져 보이는 반면 돈이 없는 가난한 사람들은 비루해 보이기까지 합니다. 존재 자체의 소중함이 보이지 않습니다. 다시 말해 보이고 들리는 것들에 잠식당하는 마음의 눈으로 세상을 바라보면, 안타깝게도 순수하게 있는 그대로의 소중한 가치는 보이지 않습니다.

또한 마음은 원치 않는 것은 보면서도 보지 못하고 들으면서도 듣지 못합니다. 도리어 자기가 원하는 방향으로 재해석하며 축소하거나 확대해서 이해하며 받아들입니다. 때로는 아예 받아들이지 않기도 합니다. 그래서 인도의 카스트제도 그리고 백인 우월주의나 민족 우월주의에 빠져 있는 사람들은 '모든 사람들은 소중하다'라는 사실을 받아들이는 것이 매우 어렵습니다.

그리고 마음은 신념이나 관념뿐만 아니라 자신이 오랜 시간 믿고 따라왔던 종교로부터 벗어나는 것도 매우 어렵습니다. 그래서 우린 이런저런 고정관념들을 고집하면서 평생을 편견과 왜곡 속에서 감정싸움으로 에너지를 소모하며 고통스럽게 살아가고 있는 건지도 모르겠습니다.

드라마나 영화에서 본 연예인의 이미지는 잠시 극중 역할임을 알면서도 그것을 지워버리는 것은 어렵습니다. 그래서인지 연예인들의 단 한 번 잘못된 행동으로 인한 이미지 실추는 연예인으로서의 삶을 포기하게 만들기도 합니다. 그러니 아주 오랜 시간, 직접 경험을 통해서 형성된 마음의 습(고정관념)을 지워버리는 것이 얼마나 더 어려운 일인지는 짐작할 수 있을 것입니다.

세상에 완벽한 앎을 갖춘 사람이 얼마나 있을까요? 그럼에도 마음은 모든 것을 다 아는 사람처럼 말하고 행동합니다. 또한 시시때때로 착각, 오해, 착오, 착시, 오인, 망각, 실수, 혼동 등등과 같은 오류 속에 살면서도, '나는 옳다'라는 주장을 굽히지 않습니다. 그러니 불화나 갈등이 계속될 수밖에요.

분명 세상을 자기중심적인 시각이나 편견과 왜곡의 시선으로 바라본다면 고통은 계속될 수밖에 없습니다. 때문에 옳고 그름을 분별하며 판단하는 것이 아니라 이해와 사랑을 행동하는 것은 매우 중요합니다. 행복은 자기중심적인 시각으로부터 벗어나, 그 어떠한 감정에도 휘둘리지 않는 진정한 어른으로 성장하는 것입니다. 방법은, 몸과 마음을 들여다보는 알아차림입니다. 알아차림은 마음을 다스리며, 세상에 태어나는 순간부터 시작된 마음의 습(고정관념)으로부터 벗어나, 순수하게 있는 그대로의 자연성인 본래의 모습으로 살아가는 방법입니다.

사람들은 각자 자신의 삶을 살아가고 있습니다. 때론 미성숙한 모습도 보이지만, 삶을 완성해 가고 있는 과정으로 이해하며 바라보는 것이 좋습니다. 누군가의 실수나 잘못은 그를 비난할 기회가 아니라 그를 이해할 기회라는 것을 기억하는 것이 좋습니다. 그리고 자신과는 다른 상대적인 것들을 바라볼 때면, '배타적이기보다는 그들은 어떤 세계를 경험하고 있는 걸까? 혹은 왜 그러는 걸까?' 하는 호기심의 시선으로 바라보거나 입장 바꾸어 보기를 하면서 배움의 기회로 삼는 것도 좋습니다. 그래서 세상을 자신의 관점으로만 바라보는 것이 아니라 또 다른 관점도 있다는 것을 수용할 수 있으면 더욱 좋습니다. 하여 상대가 아름답거나 아름답지 않거나 그 어디에도 막힘이나 걸림 없이 매사에 순조로울 수 있다면, 더 많이 평안하겠지요!

생각나는 대로 행동하지 말라

어떤 사람은 예쁜 여자 친구의 모습이 자꾸 떠올라 보고 싶어서 그 생각대로 행동하다가 결혼을 하고, 또 다른 어떤 사람은 이런 저런 서운했던 일들이나 손해 본 일들의 생각에 화가 나서 그 생각대로 행동하다가 싸움꾼이 됩니다. 또 다른 어떤 사람은 수학 문제의 이런저런 답들이 계속 생각나고 재미있어서 그 생각대로 행동하다가 학자가 되어 세상을 이롭게 합니다.

이렇듯 삶이란 생각나는 대로 행동한 결과물입니다. 그렇다면 이런 마음을 잠시 들여다볼까요? 책을 덮고서, 눈을 감고 10분 동안 아니 5분 동안 아무런 생각을 하지 않겠다고 다짐을 하고 마음을 들여다보십시오.

'어떤가요? 5분 동안 생각을 하지 않는 것이 가능하던가요? 아니면 저절로 생각이 일어나던가요?' 분명한 것은 누구라도 생각을 하지 않는 것은 불가능하다는 것입니다. 물론 생각이라는 과정을 통해서, 꼭 해야만 하는 일들을 하거나 문제해결과 같은 기쁜 일로 즐겁고 행복한 날도 있습니다. 그러나 대부분은 불화나 갈등 같은 감정싸움이나 음식 중독, 쇼핑 중독, 니코틴 중독, 알코올 중독, 게임 중독 등등과 같은 고통들을 만들어 냅니다. 그런데 고통을 만드는 놀라운 재주꾼인 이런 마음을 멈추게 하기도 어렵지만, 고요하게 만들기도, 행복하게 만들기도 어렵습니다. 본인은 늘 행복하기를 꿈꾸지만 뜻대로 되지 않습니다. 많은 사람들이 먹고 싶어 하는 마음, 입고 싶어 하는 마음, 갖고 싶어 하는 마음, 하고 싶어 하는 마음, 미워하는 마음, 분노하는 마음 등등 생각나는 대로 행동하면서 후회와 결심을 반복하다가 결국 고통스러움에 치를 떨면서 생을 마감합니다. 그렇다면 어떻게 해야 행복할 수 있는 걸까요?

많은 사람들이 마음의 내용물(마음의 습) 혹은 마음으로 인해서 고통스럽다는 것은 알고 있습니다. 다시 말해 고통을 만드는 것은 마음이고, 그래서 마음 때문에 고통스럽다는 것을 알고 있습니다. 그러나 안다는 것이 고통으로부터 벗어났다는 뜻은 아닙니다. 또한 학문적인 지식이나 돈, 그리고 명예가 마음의 고통으로부터 벗어나게 해주지 않습니다. 고통의 근원적인 이유는 먹고 싶은 음식을 못 먹거나 입고 싶은 옷을 못 입어서가 아니라 생각나는 대로 말하고 행동하기 때문입니다. 다시 말해 자신이 원하는 대로 되지 않으면 못 견뎌 하는 마음, 늘 더 많은 거, 또 다른 것을 원하는 변덕쟁이 마음, 선한 것이나 악한 것이나 구별 없이 넘나드는 마음 등등 생각나는 대로 행동하기 때문입니다.

진정 마음의 고통으로부터 자유로워지기 위해서는 생각나는 대로, 느끼는 대로 말하고 행동하는 것이 아니라, 그런 마음을 지켜보며 알아차리는 것이 중요합니다. 그래서 화가 나면 상대방을 비난하거나 미워하는 것이 아니라 분노하는 마음을 알아차리고, 음식이 생각나면 바로 달려가서 먹는 것이 아니라 음식을 생각하는 그 마음을 알아차리는 것이 좋습니다. 술이 생각날 때마다 술을 마시면 알코올 중독이 되고, 담배가 생각날 때마다 담배를 피우면 니코틴 중독이 되는 것은 당연한 결과이기 때문입니다. 또한 화가 날 때마다 누군가를 비난한다면 삶은 평안할 수

270

없습니다. 어떤 이유로든 생각나는 대로, 느끼는 대로 행동한다면 고통은 계속될 수밖에 없습니다.

다시 말해 마음이 생각하는 것을 그 즉시 채워주거나 행동하는 것이 아니라 즐거워하는 마음도 알아차리고, 외로워하는 마음도 알아차리고, 분노하는 마음도 알아차리면서 지켜보는 것이 좋습니다. 또한 몸에 난 상처나 누군가의 질타로 아플 때, 비난이나 분노로 반응하는 것이 아니라 마음이 어떻게 반응하는지 지켜볼 수 있으면 더욱 좋습니다. 이를 위해서는 미움, 시기, 질투, 욕망, 집착, 분노 등등과 같은 감정들이 일어날 때, 그 감정에 휩쓸려 행동하지 않겠다는 결심을 하는 것이 필요합니다.

사실 주변에는 다이어트나 금주, 금연을 하겠다고 결심을 하면서도 실천하지 못하는 사람들이 부지기수입니다. 그렇다면 다이어트, 금주, 금연을 실천하는 것은 왜 이리 어려운 것일까요? 이유는 작심3일이란 말처럼, 마음이 스스로 결심하고, 스스로 그 결심을 무산시키는 어리석은 생각놀이를 하기 때문입니다.

마음은 자신이 보고 듣고 경험한 것을 기반으로 하여 늘 생각놀이를 합니다. 그래서 마음은 다이어트나 금주를 결심하면서도, 또 다른 한편으로는 음식이나 술을 먹어도 괜찮은 이유들을 나열함으로써 스스로 그 결심을 무산시켜 버립니다. 후회와 결심을 반복하면서도 멈추지 않습니다. 이유는 이것이 마음이 존재하는 방식이기 때문입니다. 그래서 생각나는 대로 말하고 행동하지 않는 것은 매우 중요합니다. 만약 다이어트를 결심했다면 음식과 관련된 정보는 관심을 갖지 않는 것은 물론, 결단코 음식은 생각나는 대로 먹지 않겠다는 의지를 굳건히 하는 것이 좋습니다.

이 외에도 스스로를 절제하지 못해서 오는 니코틴 중독, 쇼핑 중독, 게임 중독, 핸드폰 중독 등등 역시도, 결단코 생각나는 대로 행동하지 않고 지켜보겠다는 다짐을 하는 것이 좋습니다. 중독이라는 고통의 늪에 빠지지 않기 위해서는 마음을 다스리는 것은 매우 중요합니다. 또한 습관적으로 하는 말이나 행동들을 알아차리면서 자신을 되돌아보는 성찰의 시간을 갖는 것도 좋습니다.

마음은 늘 생각놀이를 합니다. 죽음의 순간까지도 생각놀이를 합니다. 물론 생각을 의도적으로 할 때도 있지만, 대부분은 생각하는 자의 선택(행동)에 따라서 비슷한 유형의 생각들이 저절로 일어났다가 저절로 사라져갑니다. 먹고 싶어서, 하고 싶어서, 갖고 싶어서가 아니라 저절로 생각이 일어납니다. 때론 좀 더 자극적인 생각이나 좀 더 흥미로운 생각 그리고 좀 더 강렬한 기억들을 떠올리곤 하지만, 이 역시도 아무런 의미 없이 저절로 일어났다가는 저절로 사라져갑니다. 이것은 꼭 기억해야만 합니다. 그래서 생각나는 대로 행동하는 것이 아니라 그 생각의 내용을, 필요에 따라 선택해서 행동할 수 있어야 합니다. 이를 위해서는 마음을 계속해서 지켜보며 알아차리는 것이 중요합니다. 그러면 마음이 어떤 방식으로 고통을 만들어 내는지를 알아챌 수 있게 될 것입니다. 생각나는 대로 말하고 행동한다면 고통의 끝은 없습니다. 바람이 스쳐 지나가듯이, 옆으로 사람이 지나가듯이 생각도 저절로 일어났다가 저절로 사라져가는 것을 평안하게 지켜볼 수 있으면 더욱 좋습니다.

세상에 소중하지 않은 사람은 없다

사람들은 세상에 태어나는 순간부터 생존을 위한 노력을 부단히 합니다. 그리고 이 과정에서 돈이 소중하다는 것을 절실히 배우게 되기도 합니다. 그래서 많은 사람들은 돈을 매우 소중하게 생각합니다. 그럼에도 보시, 헌금, 기부, 나눔 등으로 가진 것을 누군가와 나누는 아름다운 행위를 하는 사람들이 있습니다. 같은 방식으로 감정기부를 해 보는 건 어떨까요?

　감정기부란 도움이 필요한 사람들에게 돈을 기부하듯이 주변 사람들에게 가능한 이해와 배려, 사랑 등의 감정을 기부하는 것입니다. 더 나아가 누군가의 실수나 잘못으로 손해를 보는 상황에서 혹은 기분 나쁜 상황에서 잘잘못을 따지며 감정싸움을 하기보다는 이해, 용서, 양보, 배려, 사랑 등등을 행동함으로써 선한 감정을 기부하는 것입니다. 물론 손해를 감수하면서 하는 행위이지만, 돈으로는 계산할 수 없는 평안함이나 여유로움 등등 이익이 더 많습니다. 그래서 감정기부는 자신이 행복해지는 방법이며, 행운을 부르는 방법입니다. 선善을 행하면 좋은 일(행운)이 따라오는 것은 당연한 결과물이니까요.

대략 20년 전후로 기억되는데, 거리에서 배고파 구걸하는 사람들을 보면 그냥 지나치지 않겠다는 결심을 한 적이 있습니다. 물론 동전이 아니라 가능한 지폐를 주는 것으로 지금까지 계속하고 있습니다. 최근에 같은 방식으로 감정기부를 하는 것도 좋겠다는 생각에 실천하고 있는데, 어려움도 있지만 유익한 점이 많습니다.

기분이 좋을 때에는 많은 걸 기부할 수 있지만, 기분이 나쁘면 적은 것도 기부하기 어렵습니다. 그러나 돈이나 자존심보다는 평안함이 먼저겠지요. 그래서 감정기부는 자신의 행복을 위해, 누군가로 인해서 기분이 불쾌한 상황에서 비난이나 분노로 반응하기보다는 이해, 용서, 배려, 양보, 사랑, 자비 등으로 반응하는 것입니다. 다른 말로 하면 '져주기'입니다. 마치 의사가 적군 아군을 가리지 않고 치료하듯이, 어린 자녀들이 잘못을 하더라도 묵묵히 기다려주는 어른처럼, 자신을 불편하게 하거나 손해를 입힌 사람에게 공격적으로 반응하기보다는 넓은 아량으로, 도리어 친절함으로 다가가는 것입니다.

더불어 할 수 있다면 경청하기를 하는 것도 좋습니다. 대부분의 사람들은 슬프면 슬픈 대로, 화가 나면 화가 나는 대로 자기 안의 감정들을 쏟아내려 합니다. 자기 안에 활성화된 슬픔이나 분노와 같은 감정들을 잠재우는 것은 매우 어려운 일이기 때문입니다. 이런 경우 누군가 자신의 이야기를 들어주는 것만으로도 큰 위로가 됩니다. 또한 다른 사람들의 이야기를 들어주다 보면 상대방과의 돈독한 관계를 유지할 수 있다는 장점과 함께 자신 역시도 아픔의 감정들을 털어 놓을 수 있습니다.

스트레스를 받으면 면역기능이 저하됩니다. 그래서 감기 같은 감염병뿐 아니라 여러 가지 질병에 대한 저항력이 적어질 수밖에 없습니다. 그래서 스트레스는 만병의 원인이 됩니다. 때문에 감정기부는 선택의 여지없이 행동하는 것이 좋습니다. 물론 어려울 수 있습니다. 때문에 좋아하고 싫어하는 기분에 따라서 행동하지 않겠다는 결심과 함께, 자신의 기량에 맞추어 조금씩 할 수 있는 만큼만 행동하면서 점점 더 잘하는 방식으로 하면 좋습니다. 또한 현명한 사람도 '실수나 잘못을 할 수 있다'는 것을 기억하면서, 감정기부를 당연히 해야 하는 것으로 받아들이는 것도 좋습니다. 만약 할 수 없는 상황이라면, 분노로 반응하기보다는 피하는 방법도 좋습니다. 그러면 삶은 더 평안해질 것입니다.

몸에 도움이 되는 음식을 먹는 것도 좋지만, 몸에 해가 되는 음식을 먹지 않는 것이 더 좋은 것처럼, 중요한 것은 가능한 자신을 고통스럽게 만드는 비난이나 분노와 같은 고통의 감정 속에 머물지 않는 것입니다.

행복은 혼자보다는 함께할 때입니다. 그래서 사랑하는 가족들이나 주변 사람들에게 '나의 어떤 점 때문에 힘들어? 또는 언제 제일 힘들어?'라는 대화를 나누면서 자신을 고집하지 않고 수용적인 자세로 스스로를 변화시켜 간다면 삶은 좀 더 평안할 수 있겠지요. 만약 주변 사람들과 불화가 있다면, 자신의 반응방식에 변화가 있어야 한다는 뜻으로 이해하는 것이 좋습니다. 그래서 쉽지 않지만 감정기부는, 불편할 수 있는 상황을 수용하며 진정한 어른으로 성장하는 방법입니다

모든 사람들은 사랑을 받을 자격이 있습니다. 감정기부가 이를 실천하는 방법입니다. 어리석은 마음은 오직 자신만 보입니다. 그래서 다른 사람들의 슬픔이나 아픔은 보고 들어도 공감하지 못하는 것뿐 아니라, 손해 보는 것은 견딜 수 없어 합니다. 그래서 자신만 편안하면 되는 방식의 삶을 선택하게 됩니다. 다시 말해 포용의 삶보다는 고통을 고통으로 되돌려주는 방식의 삶을 선택합니다. 그러나 이런 방식의 삶으로는 행복(성장)할 수 없습니다.

성인이란 이해와 사랑을 행동하는 사람입니다. 세상에 소중하지 않은 사람은 없습니다.

지금 이 순간을 알아차려라

마음은 어떤 방식으로 기쁨이나 즐거움을 만들고, 또 어떤 방식으로 고통을 만들고 있는 걸까요? 아니 마음은 어떤 방식으로 존재하고 있는 걸까요?

지금까지 나온 마음의 존재 방식들을 간략하게 정리해보면, 첫 번째, 마음은 보이는 대로, 들리는 대로 배웁니다. 그래서 옳은 것도 배우고 옳지 않은 것도 배우면서 보고 듣고 경험하는 것은 자신의 모습이 됩니다.

두 번째, 마음은 자기중심적입니다. 그래서 늘 '자신은 옳다'라고 주장하면서 상대방을 이해하기 위해서 노력하는 것이 아니라 '자신이 옳다'는 것을 확인하기(혹은 인정받기) 위해서 노력합니다.

세 번째, 마음은 자신이 겪은 고통이나 기쁜 일들은 잊지 않고 가슴에 새깁니다. 그리고는 기분이 좋으면 좋은 대로, 나쁘면 나쁜 대로, 자기 안의 감정들을 쏟아냅니다.

네 번째, 마음은 지금 이 순간에 고요히 머물지 못합니다. 그래서 과거나 미래, 그리고 지금 여기가 아닌 다른 곳을 방황하고 방황합니다.

다섯 번째, 마음은 같은 것이 반복되는 것을 무척이나 싫어합니다. 그래서 있는 것에 만족하기보다는 또 다른 것을 찾아서 떠

돌고 떠돕니다.

여섯 번째, 마음은 늘 생각놀이를 합니다. 그래서 삶의 매 순간마다 생각할 기회를 놓치지 않고 상상하기, 망상하기, 추측하기, 예상하기, 연상하기, 회상하기, 기억하기, 되새김질하기 등등을 하면서 늘 말하고 싶어 합니다. 마음에게 침묵은 견딜 수 없는 고통입니다.

일곱 번째, 마음은 자기만의 색으로 세상을 물들입니다. 그래서 기쁜 마음의 눈으로 세상을 바라보면 세상은 기쁨으로 가득해 보이고, 슬픈 마음의 눈으로 세상을 바라보면 세상은 온통 슬픔으로 가득해 보입니다. 순수하게 있는 그대로의 세상을 보지 못합니다.

여덟 번째, 마음은 선한 것이나 악한 것이나 구별 없이 넘나듭니다. 그래서 도움이 필요한 사람들을 돕는 감동적인 사연도 들을 수 있지만, 폭력, 도둑, 사기, 소매치기 등과 같이 다른 사람을 아프게 하는, 안타까운 사연도 듣게 됩니다.

아홉 번째, 마음은 고집쟁이면서도 변덕쟁이입니다. 다른 말로 하면, 자신이 원하는 것은 놓아버리지 못하고 집착합니다. 불화나 갈등으로 고통스러워하면서도 놓아버리지 못합니다.

열 번째, 마음은 시간과 공간을 넘나듭니다. 그래서 마음이 하는 일들은 상상을 초월합니다.

열한 번째, 마음은 언제라도 행복이나 고통을 만들 준비가 되어 있습니다. 그래서 자신이 경험하는 일들이나 주변에서 일어나는 일들을 무심코 넘기지 않고, 그것들과 연결된 사소한 것에서 꼬리에 꼬리를 무는 방식으로 행복도 만들지만 고통도 만들어 냅니다.

열두 번째, 마음은 옳고 그름을 분별하지 못합니다. 그래서 마음은 거짓과 진리를 혼동하며, 상대적인 논리의 수많은 종교를 탄생시키고, 서로 '자신이 옳다'라는 법정 싸움을 하며, 가짜 뉴스 속에서 살고 있으면서도 이를 간파하지 못합니다.

열세 번째, 마음은 적군도 아니지만 아군도 아닙니다. 그래서 자기 이익을 도모하기도 하지만 때로는 스스로를 책망(자책)하거나 공격(자학)하기도 합니다. 다시 말해 마음은 살아남기 위해서, 행복하기 위해서 고군분투하면서도, 또 다른 한편으로는 외로움, 슬픔, 좌절, 탐욕, 분노와 같은 감정 속에서 머무르며 스스로를 더 아프게 합니다.

이것이 마음이 존재하는 방식입니다. 어떤 사람들은 경쟁적으로 살면서 '부러워하면 지는 거다.'라고 말하지만 마음에게 휘둘리면 인생 실패자가 됩니다. 그래서 마음대로 산다면, 이리 살아도 고통스럽고 저리 살아도 고통스러울 수밖에 없습니다.

마음이 가장 어려워하는 것은 지금 이 순간에 머무르며 자신을 들여다보는 것입니다. 눈이 자신을 바라보지 않듯이 마음도 과거, 현재, 미래를 넘나들며 세상을 바라보면서도 자신은 들여다보려 하지 않습니다. 고통에 몸부림치면서도 자신을 들여다보려 하지 않습니다. 그래서인지 사람들은 자신이 어떤 사람인지 가늠하는 것을 어려워합니다. 그럼에도 이런 자신을 중심으로 하여 옳고 그름을 분별하며 '자신은 옳다'라는 주장을 굽히지 않습니다. 자신을 모르면서 '자신은 옳다'라고 주장하는 이 모순을 어떻게 이해해야 하는 걸까요?

분명 옳고 그름이나 좋아하고 싫어함의 판단은 보고 들으면서 배운 자신의 경험 치에서 나올 수밖에 없습니다. 그런데 문제는 자신이 보고 들으면서 알게 된 것들이 거짓인지 진실인지를 분별할 수 없는 사람들로서는 오류를 범할 수밖에 없다는 점입니다. 그럼에도 다수의 사람들이 자신의 지식이나 경험을 절대화하고 있습니다. 그러나 성장은 지식이나 경험이 아니라 내면의 자신을 '아는 것'에서 시작합니다.

고통이란 지금 이 순간의 느낌입니다. 그런데 몸과 마음을 계속해서 알아차려 보면, 고통의 상당 부분은 마음이 과거의 고통을 기억하거나 망상, 상상, 예상 등등을 하면서 고통 속에 머무른다는 것을 알 수 있습니다. 다른 말로 하면 '스스로 고통을 부여잡고 있다.'고나 할까요? 사실 이런 고통은 지금 이 순간을 온전히 알아차리는 것만으로도 해소가 가능합니다. 지금 이 순간을 알아차리면 기억, 망상, 상상, 예상 등등이 멈추는 것은 당연한 결과물이니까요. 이런 방식으로 알아차림은 마음이 고통을 어떤 방식으로 만들어 내는지를 꿰뚫어 알아가는 시간이며, 감정에 이끌려 행동하는 것이 아니라 자신을 알고 스스로를 통제하며 혜안을 체득하는 시간입니다. 때문에 고통으로부터 자유롭고 싶다면 지금 이 순간, 몸과 마음을 알아차리는 것은 매우 중요합니다. 더 나아가 알아차림은 정화라는 과정을 거치며 탐욕, 분노, 어리석음의 장막을 걷어내는 시간이며, 몸과 마음의 자연성인 무상, 고, 무아를 체득하는 시간입니다. 그래서 누구라도 지금 이 순간을 온전히 알아차린다면, 마음이 만들어 내는 고통으로부터 자유로워질 수 있습니다.

최상의 행복은 마음, 그 너머에 있다

마음은 고통의 상황이든 행복의 상황이든 하나의 상황에 100% 집중하지 못합니다. 마음은 아무리 고통스러운 상황일지라도 그 고통 하나에만 집중하지 못합니다. 그래서 화재나 수재 등으로 모든 걸 잃어버려도 혹은 자식이 죽어 가슴에 묻는 아픔을 겪을지라도 마음은 그 고통 하나에만 계속해서 머무르지 못합니다.

다시 말해, 마음은 하늘이 무너지는 고통을 겪으면서도 순간순간 고통과 고통이 아닌 다른 상황들을 넘나들며 고통을 즐기기까지 합니다. 때문에 아무리 고통스러운 상황이라 할지라도 숨 쉴 수 있고, 시간이 흐르면 다시 살아갈 수 있습니다. 이것은 마음의 존재 방식이 지금 이 순간에 계속해서 머물지 못하기 때문이며, 또한 자동적으로 그때그때 필요한 것이나, 또 다른 뭔가 재밌거리나 자극적인 것들을 찾아서 활동하기 때문입니다. 그래서 어떤 사람들은 이런저런 유행에 끌려 다니고, 또 다른 사람들은 돈에 끌려 다니고, 또 다른 사람들은 자극적인 것에 끌려 다니면서 살고 있습니다. 삶의 주관자로서 살아가는 것이 아니라 보이고 들리는 것에 끌려 다니면서 살아갑니다. 그렇다면, 재밌거리에 이끌려 다니는 삶, 보이는 것에 현혹되는 삶은 행복할까요?

진정 자신에게 집중하지 않으면서도 행복할 수 있는 걸까요? 분명한 것은, 마음의 존재 방식을 이해하지 못하고 마음에게 휘둘린다면 평생, 아니 모든 생이 고통스러울 수밖에 없습니다. 그리고 마음에 '한恨'이라는 이름으로 저장된 기억이 있다면, 마음은 행복해 하면서도 또 다른 한편으로는 뼈가 녹아내리는 고통을 계속해서 경험하게 될 것입니다.

이렇게 삶이 고통스러울 때면, 어떤 이들은 '마음이 시키는 대로 하라.'라는 말들을 하곤 합니다. 그러나 변덕쟁이인 마음이 시키는 대로 해서는 고통의 끝은 없습니다. 마음은 행복을 만드는 놀라운 재주꾼이기도 하지만 고통을 만드는 놀라운 재주꾼이기도 하기 때문입니다. 고통으로부터 자유로운 최상의 행복은 마음, 그 너머에 있습니다. 그래서 '고통의 끝'은 몸과 마음의 자연성을 체득하면서 마음을 다스리는 것입니다.

　물론 마음 치유를 위한 다른 명상이나 전문가들과의 상담, 그리고 치유 프로그램에 참가하기 등등 여러 방법들이 있기는 하지만, 이것만으로는 충분하지 않습니다. 왜냐하면 조금 평안해지기는 하지만 고통의 감정들이 다시 되돌아오는 마음의 순화이기 때문입니다. 또한 고통스러워하는 자신의 몸과 마음이 아닌, 꽃이나 나무, 호수, 산길이나 오솔길 산책 등과 같은 것을 계속해서 알아차리는 명상은 평안함을 느낄 수 있어서 좋습니다. 그러나 이 역시 고통의 감정들이 다시 돌아옵니다. 이유는 고통을 잠시 회피한 것일 뿐 고통을 만들어 내는 주체는 그대로 유지되고 있기 때문입니다. 다시 말해 고통스러워하는 몸과 마음을 알아차리면서, 생각나는 대로 말하고 행동하는 이면에 있는, 내면의 본래 모습인 자연성(무상, 고, 무아)을 체득하지 않으면, 그래서 몸과 마음이 정화되지 않으면 고통스러운 감정들은 계속해서 되풀이될 수밖에 없습니다. 마음의 순화는 치유의 시작이고, 몸과 마음의 정화는 치유의 완성입니다.

　몸의 정화란 '내 것'이라는 육체로부터의 자유이며, 너와 나라는 분리감으로부터의 자유입니다. 그래서 이원성으로부터의 자유입니다. 마음의 정화는 마음에 인식되어 있는 습으로부터의

자유입니다. 그래서 인도의 카스트제도, 인종차별, 민족차별, 거
짓종교, 고정관념, 관습 등등과 같이 인식되어 있는 마음의 습으
로부터의 자유입니다.

사실 마음의 습을 없애거나 변화시키기는 일은 쉽지 않습니
다. 아니 매우 어렵습니다. 알아차림은 아집 덩어리인 마음을 뛰
어 넘어 행복해지는 방법입니다. 몸과 마음을 집중하여 지켜보
면서 있는 그대로 알아차리면, 마음의 습은 자연스럽게 정화되
어 사라지고, 생명체의 존재방식이 이해로 다가와 다른 사람들
을 이해하고 배려하며, 겸허함으로 사랑과 자비를 행동하는 성
숙이 시작됩니다. 지금까지와는 다른 세상을 경험하게 됩니다.

'마음을 알아차리는 자'는 다르다

어린 아기를 계속해서 지켜보면, 아이가 무엇을 좋아하는지, 잠
이 올 때나 배가 고플 때는 어떻게 반응하는지, 아기가 왜 우는
지 등등을 섬세하게 알 수 있습니다. 마찬가지로 몸과 마음을 있
는 그대로 계속해서 지켜보며 알아차리면, 몸과 마음이 기분이
좋을 때나 나쁠 때는 어떻게 반응하는지, 마음이 고통을 어떻게
만들어 내는지 등등, 몸과 마음 그 본연의 모습을 섬세하게 알
수 있습니다. 중요한 것은 생각의 내용에 반응하지 않는 것입니

다. 그리고 있는 그대로 몸과 마음을 알아차리면서 마음이 어떤 방식으로 작용하는지를 깨닫는 것입니다.

이렇게 몸과 마음에서 일어나고 사라져가는 현상들을 계속해서 지켜보면, 생각의 내용에 따라 감정에 휩쓸려 행동하는 것이 아니라 필요에 따라 선택해서 행동할 수 있게 됩니다. 그래서 생각은, 생각하는 자 없이, 그저 아무런 의미 없이, 저절로 일어났다가 저절로 사라져가는 것을 목격하게 됩니다. 이 과정에서 거스를래야 거스를 수 없는 몸과 마음의 본래 모습인 무상, 고, 무아를 체득하고, 성인의 도와 과를 성취하게 되면, 세상을 마음의 내용물이 덧씌워진 세상이 아니라, 있는 그대로를 볼 수 있는 혜안과 함께 생로병사라는 고통으로부터 벗어나 최상의 행복을 경험하게 됩니다. 다시 말해 불혹不惑. 지천명知天命, 이순耳順의 이치를 체득하며, 지금까지와는 다른 세상을 경험하게 됩니다.

마음이 정화되자 사람들이, 세상이 다르게 보이기 시작했습니다. 경쟁적으로, 공격적으로 보이던 사람들이 각자 나름대로 열심히 살아가고 있음으로 이해되었습니다. 지금까지 보아온 불편했던 것들이 존재의 방식으로 이해되어 다가왔습니다. 몸은 본래부터 가지고 있는 존재 방식에 의해 저절로 보호되며 당당하게 존재함이 보입니다. 삶이 고통이라고 하지만, 그것을 인식할 '나'란 것이 없음이 이해로 다가왔습니다.

그동안 자기만의 눈높이로 세상을 이해하고 판단해 왔음이 통찰로 다가왔습니다. 수행을 통해 마음이 정화되니 마음의 눈으로 바라본 세상은 진실이 아님이 이해로 다가왔습니다. 육체가 존재하는 방식이, 마음이 존재하는 방식이 이해로 다가왔습니다. 고통을 경험하는 마음으로는 진리를 볼 수 없음이 통찰로 다가왔습니다. 혜안이 열리기 시작하고 우주의 근원적 원리인 참된 이치가 보이니 장님이 눈을 뜬 것처럼 그동안 보아왔던 세상이 다르게 보입니다. 그저 몸과 마음을 알아차리는 것을 했을 뿐인데, 지금까지 보아온 고통스러웠던 세상이 아니라 평화롭고 행복한 세상으로 달라져 보입니다.

_『위빠사나 명상일기』, p.198

한 번 상상해 보십시오. 탐욕과 분노, 어리석음으로부터 벗어난 상태, 모든 고통의 족쇄가 다 소멸된 상태, 세상을 순수하게 있는 그대로 볼 수 있는 혜안의 상태, 그리고 무상, 고, 무아를 체득한 상태에서는 어떤 감정들을 경험하게 될까요? 직접 경험해 보시기 바랍니다. '마음을 알아차리는 자는 다르다'는 것을 경험하게 될 것입니다. 모든 생명체는 존재만으로도 아름다운 사랑입니다.

산다는 것은 무엇일까?

어린 시절 6살까지 걷지를 못했습니다. 그래서 동네 사람들은 이런 저를 보고 앉은뱅이라고 수군거렸다고 합니다. 이후 지금까지도 건강하지 못한 시간들은 참 많았습니다. 물론 저는 늘 강건하기를 소망하지만 뜻대로 되지 않았습니다.

이렇듯 모든 사람들은 본인의 의지와는 상관없이 허약하게든 건강하게든, 세상에 태어나서 살고 있습니다. 그리고 살다 보면 기분 좋은 일로 웃는 날도 있지만, 원치 않는 괴로운 일로 슬프거나 화가 나는 날도 있습니다. 분명 좋은 일만 가득하기를 기도하고 기도하지만 뜻대로 되지 않습니다. 뿐만 아니라 안타깝게도, 기분 좋은 날보다는 슬프고 괴로운 날이 더 많은 사람들도 있습니다. 그래서 삶은 여유롭고 평안하기보다는 늘 고단하고 고통스럽기만 합니다. 그런데 이런 세상에 자신이 원해서 태어난 사람이 있을까요?

산다는 것은 무엇일까요? 아침에 일어나 학교에 가서 공부를 하거나 출근해서 하던 일들을 계속해서 하고, 저녁에는 집으로 돌아와 저녁 식사를 하고 잠을 청하는 방식으로 매일을 사는 걸까요? 물론 때때로 낯선 지역을 여행하거나 또 다른 것들을 찾아서 직접경험이든 간접경험이든 해 보기도 하지만, 문제는 그럼에도 병들고 늙어 가다가 결국에는 죽음에 다다른다는 사실입니다. 삶 자체가 고통입니다. 잘 생긴 사람이나 못 생긴 사람이나, 공부를 좋아하는 사람이나 싫어하는 사람이나, 돈, 권력, 유명세 등, 모두를 다 가진 사람이나 못 가진 사람이나, 이렇게 살았거나 저렇게 살았거나, 생로병사로부터 자유로울 수 없습니다. 다시 말해 당신이 무엇을 좋아하든, 어떤 삶을 살았든, 세상에 태어난 이상 결국 죽음을 맞이할 수밖에 없습니다.

낯선 것을 두려워하는 것은 생존 본능이기도 합니다. 더구나 안락하고 평안한 삶을 포기하는 것은 쉽지 않습니다. 그럼에도 고통스러운 생로병사의 운명을 바꾸기 위해서 용기를 내신 분이 고타마 싯다르타 붓다(부처님)입니다. 그분은 B.C. 6세기경 인도의 카필라국에서 왕자로 안락하고 호화로운 궁중 생활을 하던 중, 어느 날 궁 밖에서 생전 처음 병듦, 늙음, 죽음을 맞닥뜨린 후, 삶이란 고통의 무자비한 순환이라는 것을 깨닫게 됩니다. 파도처럼 계속해서 밀려오는 괴로움에, 결국 생로병사로부터 자유로워지기 위해서 29세의 나이에 떠나기로 결심을 하고, 깊은 밤중에 말을 타고 성을 빠져나와 낯선 곳에서 수행자로서의 삶을 시작합니다. 그렇게 6년째인 어느 날, 보리수나무 아래에서 깨달음을 성취하게 됩니다. 붓다께서는 일체법一切法, 즉 우주만법의 참모습을 있는 그대로 보고 알아서 더할 수 없는 진리를 체득한 성자로서, 우리에게 깨달음의 길을 열어주신 분입니다. 붓다께서 제시한 생로병사로부터 자유로워지는 방법, 고통의 늪에서 빠져나오는 방법은 팔정도(八正道: 바른 견해, 바른 생각, 바른 말, 바른 행위, 바른 생계, 바른 노력, 바른 마음 챙김-바른 알아차림, 바른 삼매)입니다.

누구나 그렇지만 내면에 있는 아픔의 감정을 놓아버리는 것은 무척이나 어려운 일입니다. 그래서 시작한 것이 명상입니다. 출가를 하고 삭발을 한 것은 아니지만, 위빠사나 명상을 시작한 것은 2006년입니다. 지금이 2023년이니까 가정생활을 겸하는 수행자로서의 삶이 18년째입니다. 아직은 '인간의 고통인 10가지 족쇄' 중에 넘어야 할 족쇄가 남아 있어, 계속 노력 중에 있습니다. 그럼에도 모든 것이 감사하기만 합니다. 고통은 아프지만 성장의 동력이었습니다. 그리고 살아 있는 매 순간은 배움의 시간이었습니다. 개인적인 경험으로 보면, 위빠사나 명상의 가장 큰 매력은 인식의 대전환입니다. 다른 말로 하면, 또 다른 세상을 경험한다고나 할까요.

수행이 진보하자 '아는 마음'이 슬픔을 알아차리면 마음은 더 이상 슬픔을 만들지 못하고, 두려움을 알아차리면 마음은 더 이상의 두려움을 만들지 못했습니다. '아는 마음'이 계속해서 고통스러워하는 마음을 알아차리자 고통은 고통스러운 아픔이 아니라 그저 일어나고 사라지는 현상으로 다가왔습니다. 슬퍼하는 마음도 일어나고 사라지고, 아파하는 마음도 일어나고 사라져 갔습니다. 감정들은 그저 일어나고 사라졌습니다. 고통으로 느껴지던 상황이 고통이 아닌 현상으로, 이해로 다가왔습니다. 들에 핀 꽃이 저절로 피어났다가 저절로 사라져 가듯이, 마음은 저절로 일어났다가 저절로 사라져 갔습니다. …

알아차림의 저력인 '아는 마음'은 좋아하고 싫어하는 마음이 하는 감정놀이에 휩쓸리지 않고, 마음을 평화롭게 지켜봅니다. 그래서 삶은 코미디가 되고, 그리고 춥거나 더워도 고통스럽지 않고, 부족하거나 배가 고파도 고통스럽지 않습니다. 고통은 마음을 지켜보는 '아는 마음'의 힘이 발휘되지 못하기 때문입니다. 알아차림의 저력인 '아는 마음'은 아이들이 천진난만하게 노는 것을 바라보듯이, 천방지축인 마음을 늘 지켜봅니다. 평화롭고 행복한 눈으로요.

_『위빠사나 명상일기』, pp.98~101

이렇듯 고통을 만드는 놀라운 재주꾼인 마음으로 사는 세상과 그런 마음을 알아차리는 '아는 마음'으로 사는 세상은 전혀 다른 느낌입니다. 최상의 행복은 마음, 그 너머에 있습니다.

사실 우리 몸에는 두 개의 힘이 작용하고 있습니다. 하나는 뭔가 하고 싶다는 욕망, 뭔가 가지고 싶다는 '나'라는 마음의 힘입니다. 또 다른 하나는 마음의 힘이 아닌, '나' 없음인 무아의 힘입니다. 예를 들어 본인의 의지와는 상관없이 세상에 여자로든 남자로든 태어나서, 가난하거나 부자인 부모를 만나고, 숨쉬고, 때가 되면 배가 고프고, 저절로 소화가 되고, 저절로 호르몬이 분비되고, 노화가 오고, 병들고, 잠을 자며 살다가 죽는 것 등등은 무아의 힘입니다. 그런데 집착이나 욕망 그리고 분노로 표현되는 '나'라는 마음의 힘은 매우 강합니다. 그러나 상대적으로 무아의 힘은 부드러움, 자연스러움인 자연성입니다. 강한 것이 있는 한 부드러움, 자연스러움의 힘은 드러날 수 없습니다. 그래서 사람들은 무상, 고, 무아라고 하는 자기 본래의 자연성은 모르는 채, 마음에게 잠식당한 상태로 고통스러워하며 살고 있습니다. 그런데 이런 '나'를 모르면서 행복할 수 있을까요?

오랜 기간 숙련의 나날 혹은 인고의 시간을 보낸 사람들이 무아無我의 경지에서 춤을 추거나 운동을 하는 모습은, 바라보는 것만으로도 눈부신 아름다움을 넘어 찬란하기까지 합니다. 그렇다면 무아의 삶은 어떨까요?

이 책이 자신의 자연성을 들여다보는 여정에 도움이 되었으면 좋겠습니다. 그래서 고통을 만드는 놀라운 재주꾼인 마음, 그 너

머의 삶, 무아의 삶을 경험하기를, 생로병사로부터 자유롭기를
빕니다.

모두가 평안하고 행복하기를!
고타마 싯다르타 붓다! 고맙습니다.

2023년 3월 위빠사나 수행자

지은이 영선(泳善)-Young Sun

위빠사나 명상으로 새로운 삶을 살고 있는 수행자.

1958년 경기도 안성에서 태어났다. 고단한 삶에 몸과 마음이 너무나 지쳐 행복을 찾아 다양한 방법들을 공부하던 중 위빠사나 알아차림의 명상을 만났다. 위빠사나 명상을 통해 분노를 알아차리던 중 뇌에서 분노가 일어나고 사라지는 현상을 처음 맞닥트린 후, 10년 동안 다니던 회사를 그만두고 수행자의 길로 들어섰다. 그리고 2006년, 마침내 미얀마로 향했다.

몸과 마음을 있는 그대로를 알아차리는 위빠사나 명상은 분노, 외로움, 슬픔, 두려움 등과 같은 고통스러운 감정으로부터의 자유이며, 생로병사라고 하는 고통으로부터의 자유다. 그러면 내면에서 저절로 행복과 평화로움의 에너지가 흘러나온다. 위빠사나 알아차림은 삶을 완전히 바꾸는 힘을 지녔다. 그래서 그는 행복하다.

펴낸 책으로『위빠사나 명상일기』가 있다.

지금 이 순간 나는 행복한가?

초판 1쇄 인쇄 2023년 4월 7일 | **초판 1쇄 발행** 2023년 4월 14일

저자 영선 | 펴낸이 김시열

펴낸곳 도서출판 자유문고

     (02832) 서울시 성북구 동소문로 67-1 성심빌딩 3층

     전화 (02) 2637-8988 | 팩스 (02) 2676-9759

ISBN 978-89-7030-169-3 03810   값 17,000원

http://cafe.daum.net/jayumungo